VIVER & SER feliz

CIP-BRASIL. CATALOGAÇÃO NA PUBLICAÇÃO
SINDICATO NACIONAL DOS EDITORES DE LIVROS, RJ

N423v   Neves, Edson Pereira
         Viver e ser feliz / Edson Pereira Neves. – 1. ed. – Porto Alegre [RS] : AGE, 2024.
         271 p. ; 16x23 cm.

         ISBN 978-65-5863-302-0
         ISBN E-BOOK 978-65-5863-303-7

         1. Crônicas brasileiras. I. Título.

         24-93111   CDD: 869.8
                               CDU: 82-94(81)

Gabriela Faray Ferreira Lopes – Bibliotecária – CRB-7/6643

Edson Pereira Neves

VIVER & SER feliz

PORTO ALEGRE, 2024

© Edson Pereira Neves, 2024

Capa:
Nathalia Real,
utilizando imagem de Freepik

Diagramação:
Nathalia Real

Assessoria de texto:
Daise Neves Hans

Supervisão editorial:
Paulo Flávio Ledur

Editoração eletrônica:
Ledur Serviços Editoriais Ltda.

Reservados todos os direitos de publicação à
EDITORA AGE
editoraage@editoraage.com.br
Rua Valparaíso, 285 – Bairro Jardim Botânico
90690-300 – Porto Alegre, RS, Brasil
Fone: (51) 3223-9385 | Whats: (51) 99151-0311
vendas@editoraage.com.br
www.editoraage.com.br

Impresso no Brasil / Printed in Brazil

Fraternalmente, ofereço estas páginas:
aos que lutam para viver;
aos que querem vencer;
aos que buscam a paz;
aos que confiam no futuro;
aos que acreditam no amor;
aos que desejam um mundo melhor;
aos que têm alegria de servir;
aos que estendem a mão;
aos que sabem que nunca é tarde;
aos que decidem desistir nunca;
aos que buscam o sentido da vida;
aos que têm o espírito de gratidão;
aos que sonham com a força do amor;
aos que procuram viver e ser feliz.

Endereço também aos meus netos:
Danielle, Gabrielle, Gabriel, Júlia, Henrique e Pedro, todos vivendo em busca do saber.

O autor

Caro leitor:

Confesso que me sinto feliz pelo fato de voltarmos a nos encontrar. Coloco, agora, em suas mãos o nono livro, no qual trago palavras de estímulo para enfrentar as dificuldades da vida.

Recebi da editora, que editou todos os meus livros, uma bela e inspiradora frase, utilizando os títulos de todos os livros anteriores, que dizia: "A **alegria de servir** e a **força do amor** nos dão a força para **nunca desistir**, pois **nunca é tarde** para **dar de si**, **estender a mão** e viver o verdadeiro **sentido da vida** com **espírito de gratidão**".

Existem alguns que apregoam ser o cachorro o melhor amigo dos homens, mas peço licença para discordar. Embora tenha admiração por esses animais, prefiro ter a companhia de um bom livro, pois nele encontramos uma fonte de conhecimento, cultura e espiritualidade, podendo nos transportar para outras realidades, nos fazer refletir e aprender. Caso você tenha um cão, quero, então, convidá-lo a ter dois bons amigos.

Lendo, você vai encontrar algumas mensagens que procuram ajudá-lo a encontrar os melhores caminhos para viver e ser feliz. Apesar de a vida ser curta, todos nós queremos, nesse curto período, viver o maior número de dias possível desfrutando felicidade.

Caro leitor, ainda que sem data marcada, espero encontrá-lo na última página desta obra, e espero que, com essa leitura, você possa sentir a "beleza de ser um eterno aprendiz".

O autor

Não há amigo tão leal quanto um livro.
(Ernest Hemingway, 1899-1961)

Sumário

Quem sou eu?...15

O que é a vida?..19

O significado da vida....................................23

A vida é bonita...25

O jogo da vida humana.................................29

Nem sempre se vence 35

A sorte no jogo de azar 37

Viver é correr riscos......................................39

A arte na minha guerra.................................43

Confiança em si...45

Elevar a autoestima.......................................51

O cérebro, um universo misterioso..............55

Palácio da memória 59

Luzes da ribalta 63

Viver é sentir a vida......................................67

Em busca da perfeição..................................73

Faça seu planejamento..................................77

A beleza da alma...81

A eterna juventude 85
As loucuras do amor...87
Tudo por dinheiro 91
Ter dinheiro suficiente...93
Devagar se vai ao longe..97
Por um pouco mais 99
Do suor do teu rosto 105
Os ponteiros do relógio..109
A ciência se multiplicará..111
Previsões do nosso futuro 115
Um giro pelo mundo..117
O caminho do meio 123
O caminho de volta..125
Viver para os outros..129
Medindo a felicidade..131
A solidariedade comove...135
Um grama de ação..139
Sirvam nossas façanhas...141
A semente da igualdade...143
A bendita esperança...145
A cor da lágrima...149
A dor do remorso 155
O que é virtual?..157
O poder da humildade...161

A arte de escrever	165
Última flor do Lácio	171
O extremo sul de Portugal	173
O mar português	175
Os olhos da imaginação	179
Uma entrevista musical	183
Um ser persistente	187
Dar o melhor de si	189
O terror da indecisão	193
Titanic, nem Deus afunda	197
Espantando a tristeza	203
Evite revidar	205
Os sonhos, são sonhos	207
O evangelho da ternura	211
A vaidade é perigosa	215
Além do bem e do mal	219
A terapia do riso	223
A beleza da autenticidade	225
Casos por acaso	227
Tempos de paz	231
O juramento médico	235
Frases impactantes	237
Evite preocupações	239
Os segredos do sucesso	241

Um brilhante ato de graça 249
Nunca se deixe vencer 253
Quanto mais velho fico 255
As duas mãos..257
Quantos anos tenho?..261
Entre o passado e o futuro...............................265
Respeito aos mais velhos..................................267

Quem sou eu?

Para os estudiosos, a resposta ideal para o questionamento que dá título a este artigo seria: "Eu sou!" Eu sou o quê? O que eu quiser ser! Aqui começa para todo ser humano um longo processo de autoconhecimento: quem você quer ser? O que ainda o impede de sê-lo? Diante dessas perguntas, estamos sujeitos a distorções e equívocos. Cada um se define como consegue se ver: triste ou alegre, pessimista ou otimista, bem ou mal-sucedido na vida.

Confesso que tenho dificuldade para responder corretamente essa pergunta, ainda mais que acredito que, embora já na terceira idade, não me conheço tão bem. Essa é uma tarefa desafiadora. Prefiro trazer o pensamento de outros, que tão bem se manifestaram a esse respeito:

A escritora Clarice Lispector, ucraniana de nascimento, brasileira por sua escolha e vontade, na sua alta sensibilidade, escrita fluida e invejada alma humana, descreve quem ela é:

Me definir é muito difícil. Às vezes pareço comum, às vezes singular. Sou bem assim: metamorfose ambulante. Adolescente em crise. Crises. De tudo o que você imaginar. O que mais valorizo no mundo? Amigos. O melhor sentimento? Felicidade. O melhor verbo? Amar. Conheço uma parte de uma frase, não sei o autor, mas ela define bem quem sou: viver é tentar ser feliz. É o que faço: vivo. E sim, me considero uma pessoa feliz, apesar de tudo. Depois de uma queda? Levanto e sigo em frente. Já desisti de contar os mil e um foras que dou. Vivo em busca de muita coisa, mas já possuo a principal delas:

a alegria. Uma companhia? Livros. Algo que te alegra? De novo os preciosíssimos amigos.

Bom, termino as ridicularidades desta minha descrição breguíssima com uma pergunta minha, e uma resposta fantástica, que se encaixa perfeitamente no meu caso.

Quem sou eu?
Eu sou uma pergunta.

Para o poeta português Fernando Pessoa, no seu *Livro do Desassossego*, esta é a resposta que encontramos:

Transeuntes eternos por nós mesmos, não há paisagem senão o que somos. Nada possuímos, porque nem a nós possuímos. Nada temos, porque nada somos. Que mãos estenderei para que universo? O universo não é meu: sou eu.

O músico e compositor americano Mark Hall, com sua espiritualidade, em uma de suas canções, aborda o tema:

Quem sou eu?
Pra que o Deus de toda terra
Se preocupe com meu nome
Se preocupe com minha dor

Quem sou eu?
Pra que a Estrela da Manhã
Ilumine o caminho
Deste duro coração

Não apenas por quem sou
Mas porque Tu és fiel
Nem por tudo o que eu faça
Mas por tudo o que Tu és

Eu sou como um vento passageiro
Que aparece e vai embora
Como onda no oceano
Assim como o vapor

E ainda escutas quando eu chamo
Me sustentas quando eu clamo
Me dizendo quem eu sou

Eu sou teu
Eu sou teu

Quem sou eu?
O sábio Salomão também nos traz algumas definições sobre o tema:

Assim como a água reflete o rosto, o coração reflete quem nós somos.
   (Prov. 27:19)

Porque como imaginou a sua alma, assim você é. Como você pensa assim você é.
   (Prov. 23:7)

Diante de todas essas colocações, a conclusão a que chegamos é de que ninguém é o que aparenta ser, mas sim o que na vida ele produz e reproduz. Portanto, quem somos não tem nenhum valor. O que importa é o que somos. Não somos melhores do que ninguém, mas podemos nos esforçar em busca de engrandecer a nossa vida.
Penso que na formação de cada um de nós, reunimos um pouco das pessoas que conhecemos, dos lugares que visitamos e de cada situação vivida, algumas boas e outras más.
Podemos até afirmar que "hoje sou assim, mas ontem fui diferente e amanhã vou querer mudar outras coisas em mim. Por isso sou esse conjunto do que fui, sou e quero ser." (Desconhecido)
Quem sou eu?

Quero ser simplesmente eu.
Quero ser sem mistérios.
Quero ser do meu jeito!
Quero lembrar o meu longo passado, viver feliz o meu presente e aguardar o... futuro.
Eu sou só eu, apenas eu.

Eu não sou o que eu devia ser.
Eu não sou o que eu quero ser.
Eu não sou o que eu espero ser.
Contudo,
Eu não sou o que eu costumava ser.
E, pela graça de Deus,
Eu sou o que eu sou.
John Newton

O que é a vida?

Com muita facilidade, todos nós podemos definir a vida como sendo esse período compreendido entre o nascimento e a morte. Muita coisa acontece durante esse tempo, por isso que devemos acrescentar: nascer, viver e morrer. Com muita certeza, podemos afirmar que essa palavrinha do meio, *viver*, é fundamental. A vida está aí!

Sobre esse tema, convém nos determos nos pensamentos de Bert Hellinger (1925-2019). Nascido na Alemanha, teve agitada carreira. Consta que com apenas 5 anos de idade manifestou o interesse de ser padre, tendo sido ordenado aos 20 anos, mas algum tempo depois decidiu deixar o ministério. Escolheu seguir outro caminho e confessou que "sempre ao perceber que em algum lugar não posso continuar, vou por outro caminho e faço algo novo". Tornou-se um renomado psicoterapeuta e escreveu mais de 110 livros. Convido-os para atentamente lermos suas reflexões sobre a vida. Temos muito a aprender com elas:

> *A vida decepciona-o para você parar de viver com ilusões e ver a realidade.*
> *A vida destrói todo o supérfluo até que reste somente o importante.*
> *A vida não te deixa em paz, para que deixe de culpar-se e aceite tudo como "É".*
> *A vida vai retirar o que você tem, até você parar de reclamar e começar a agradecer.*
> *A vida envia pessoas conflitantes para te curar, pra você deixar de*

olhar para fora e começar a refletir o que você é por dentro.
A vida permite que você caia de novo e de novo, até que você decida aprender a lição.
A vida te tira do caminho e te apresenta encruzilhadas, até que você pare de querer controlar tudo e flua como um rio.
A vida coloca seus inimigos na estrada, até que você pare de "reagir".
A vida te assusta e assustará quantas vezes for necessário, até que você perca o medo e recupere sua fé.
A vida tira o seu amor verdadeiro; ele não concede ou permite, até que você pare de tentar comprá-lo.
A vida te distancia das pessoas que você ama, até entender que não somos esse corpo, mas a alma que ele contém.
A vida ri de você muitas e muitas vezes, até você parar de levar tudo tão a sério e rir de si mesmo.
A vida quebra você em tantas partes quantas forem necessárias para a luz penetrar em ti.
A vida confronta você com rebeldes, até que você pare de tentar controlar.
A vida repete a mesma mensagem, se for preciso com gritos e tapas, até você finalmente ouvir.
A vida envia raios e tempestades, para acordá-lo.
A vida o humilha e por vezes o derrota de novo e de novo até que você decida deixar seu ego morrer.
A vida te nega bens e grandeza até que você pare de querer bens e grandeza e comece a servir.
A vida corta suas asas e poda suas raízes, até que você não precise de asas nem raízes, mas apenas desapareça nas formas e seu ser voe.
A vida lhe nega milagres, até que você entenda que tudo é um milagre.
A vida encurta seu tempo, para você se apressar em aprender a viver.
A vida te ridiculariza até você se tornar nada, ninguém, para então tornar-se tudo.

A vida não te dá o que você quer, mas o que você precisa para evoluir.
A vida te machuca e te atormenta até que você solte seus caprichos e birras e aprecie a respiração.
A vida te esconde tesouros até que você aprenda a sair para a vida e buscá-los.
A vida te nega Deus, até você vê-Lo em todos e em tudo.
A vida te acorda, te poda, te quebra, te desaponta... Mas creia, isso é para que seu melhor se manifeste... até que só o AMOR permaneça em ti.

O que é a vida?
Completo a definição inicial afirmando que a vida, na sua beleza e plenitude, é uma dádiva divina. É um dom de Deus. Temos o dever de aproveitar todo o tempo de nossas vidas, fazendo com que ela tenha algum sentido. Não basta viver; temos que construir a vida para que nos proporcione felicidade. Em um de seus salmos, o rei Davi pediu:

Faze-me conhecer, ó Senhor, o meu fim, e qual a medida dos meus dias, para que eu saiba quão frágil sou.
    (Salmos 39:4)

O escritor Bert também nos alertou que "a vida encurta seu tempo, para você se apressar a viver." Viver e ser feliz!

Há um tempo em que é preciso abandonar as roupas usadas, que já têm a forma do nosso corpo, e esquecer os nossos caminhos, que nos levam sempre aos mesmos lugares. É o tempo da travessia: e, se não ousarmos fazê-la, teremos ficado, para sempre, à margem de nós mesmos.
    Fernando Teixeira de Andrade

E assim, depois de muito esperar, num dia como outro qualquer, decidi triunfar...
Decidi não esperar as oportunidades e, sim, eu mesmo buscá-las.
Decidi ver cada problema como uma oportunidade de encontrar uma solução.
Decidi ver cada deserto como uma possibilidade de encontrar um oásis.
Decidi ver cada noite como um mistério a resolver.
Decidi ver cada dia como uma nova oportunidade de ser feliz.
Naquele dia descobri que meu único rival não era mais que minhas próprias limitações e que enfrentá-las era a única e melhor forma de as superar.
Naquele dia, descobri que eu não era o melhor e que talvez eu nunca tivesse sido.
Deixei de me importar com quem ganha ou perde.
Agora me importa simplesmente saber melhor o que fazer.
Aprendi que o difícil não é chegar lá em cima, e sim deixar de subir.
Aprendi que o melhor triunfo é poder chamar alguém de "amigo".
Descobri que o amor é mais que um simples estado de enamoramento; "o amor é uma filosofia de vida".
Naquele dia, deixei de ser um reflexo dos meus escassos triunfos passados e passei a ser uma tênue luz no presente.
Aprendi que de nada serve ser luz se não iluminar o caminho dos demais.
Naquele dia, decidi trocar tantas coisas...
Naquele dia, aprendi que os sonhos existem para tornarem-se realidade.
E desde aquele dia já não durmo para descansar... simplesmente durmo para sonhar.

Walt Disney

O significado da vida

É muito importante para todo ser humano procurar entender o significado da vida. Não basta apenas viver. Temos que saber de onde viemos e para onde vamos. Temos que dar um sentido à vida. É um dom que recebemos e devemos dar valor a essa preciosidade.

Conta-se que um dia perguntaram a um sábio: o que é a vida? Sua resposta nos leva a pensar, quando ele afirmou que toda criatura humana deveria passar por três lugares para entender melhor o significado de uma vida.

Primeiro: num hospital. Nesse lugar seremos levados a compreender e valorizar com muita facilidade a importância de viver bem, desfrutando de boa saúde.

Segundo: numa prisão. Nesse lugar são recolhidos aqueles que cometeram algum crime e, privados de sua liberdade, pagam por isso. Em função de minha atividade profissional, visitei vários presídios. Sempre percebi que, ao tirar a liberdade, a longo prazo, alguns objetivos deveriam ser cumpridos: a ressocialização e credenciar o prisioneiro ao retorno do convívio social. Estamos muito longe disso, pois esses locais são verdadeiras escolas para mantê-los na vida como criminosos.

Terceiro: num cemitério. De fato, esse é o local ideal para compreendermos que na vida todos nós somos iguais. De nada adianta na vida sermos gananciosos, procurando amealhar coisas desnecessárias em prejuízo dos outros, quando ali podemos ver que ninguém leva nenhum bem. Ao visitar esse lugar que nos provoca muita tristeza, nada melhor do que refletir que o chão que ali estamos pisando será nosso telhado amanhã.

Ao longo dos anos, visitei esses três lugares recomendados pelo sábio, e dou-lhe inteira razão, pois é neles que vamos encontrar o verdadeiro significado da vida. É nesses três lugares que, quando paramos para meditar, veremos que todo ser humano sempre está a buscar saúde, liberdade e vida.

Na vida, é muito fácil encontrarmos pessoas que apenas existem. No seu dia a dia, não dão nenhum valor à vida. Muitas delas não sabem o que querem e, muito menos, o que pretendem alcançar. Bom seria se pudéssemos pegá-las pelo braço e levá-las, com calma, a visitarem esses lugares recomendados pelo sábio, incentivando-as a parar em cada um deles e refletir. Ou pelo menos poderiam dar ouvidos ao saudoso Vinicius de Moraes, um dos maiores poetas e compositores musicais do Brasil:

Quem já passou
Por esta vida e não viveu
Pode ser mais
Mas sabe menos do que eu
Porque a vida só se dá
Pra quem se deu
Pra quem amou
Pra quem sofreu.

Sempre apreciei aquela pequena história de alguém que cruza por um mendigo e lhe dá duas moedas. Tempos depois, ao revê-lo, pergunta o que fez com elas e ouve dele a seguinte resposta: "Com uma, comprei um pão, para ter como viver. Com a outra, uma rosa para ter por que viver."

Ele poderia ter comprado dois pães, porém, embora em sua miséria, sabia o grande significado da vida: buscar na rosa por que viver. Isso é tudo que nós devemos aprender e praticar: por que viver!

Não espere por uma crise para descobrir o que é importante em sua vida.
Platão

A vida é bonita

Esse título foi extraído da canção *O que é, o que é?*, do conhecido cantor e compositor carioca Gonzaguinha (1945-1991), que viveu apenas 46 anos. Trago para meus leitores o belo texto para relembrarem esse músico que tanto encantou a todos aqueles que tiveram a oportunidade de ouvi-lo. Vejo na letra muita semelhança com as mensagens que me dispus a trazer nesse livro.

Eu fico com a pureza
Da resposta das crianças
É a vida, é bonita
E é bonita

Viver
E não ter a vergonha
De ser feliz
Cantar e cantar e cantar
A beleza de ser
Um eterno aprendiz

Ah meu Deus!
Eu sei, eu sei
Que a vida devia ser
Bem melhor e será
Mas isso não impede
Que eu repita

É bonita, é bonita
E é bonita

E a vida
E a vida o que é?
Diga lá, meu irmão
Ela é a batida de um coração
Ela é uma doce ilusão, ê ô!

Mas e a vida
Ela é maravilha ou é sofrimento?
Ela é alegria ou lamento?
O que é? O que é?
Meu irmão

Há quem fale
Que a vida da gente
É um nada no mundo
É uma gota, é um tempo
Que nem dá um segundo

Há quem fale
Que é um divino
Mistério profundo
É o sopro do criador
Numa atitude repleta de amor

Você diz que é luta e prazer
Ele diz que a vida é viver
Ela diz que melhor é morrer
Pois amada não é
E o verbo é sofrer

Eu só sei que confio na moça
E na moça eu ponho a força da fé
Somos nós que fazemos a vida
Como der, ou puder, ou quiser

Sempre desejada
Por mais que esteja errada
Ninguém quer a morte
Só saúde e sorte

E a pergunta roda
E a cabeça agita
Eu fico com a pureza
Da resposta das crianças
É a vida, é bonita
E é bonita

Viver
E não ter a vergonha
De ser feliz
Cantar e cantar e cantar
A beleza de ser
Um eterno aprendiz

Faz que cada hora da tua vida seja bela. O mínimo gesto é uma lembrança futura.
Claude Aveline

DESPERTE!

Não deixe que a rotina arrase sua vida.
Execute sua tarefa com Amor sempre renovado, porque isso trará alegria a você mesmo.
A rotina cansa e corrói a alma, desalenta e carcome o entusiasmo.
Renove cada manhã seu armazenamento de alegria de viver.
Ajude a todos e cumpra alegremente sua tarefa, para receber de volta o benefício da felicidade de seu trabalho.

Linartt Vieira

O jogo da vida humana

Acredito que todos concordam comigo que, ao longo de nossa vida, participamos de um jogo, onde alguns vencem enquanto outros perdem.

Sempre, na juventude, apreciei jogar futebol. Minha posição em campo era de goleiro. Fiz boas defesas e também tomei inesquecíveis *frangos*. Meu time venceu alguns jogos, bem como perdeu outros.

Feitas essas colocações, sou levado a comparar que, embora tenha deixado de praticar esse esporte, mesmo não sendo escalados, no dia a dia entramos em campo para enfrentar muitos dos nossos *adversários*, alguns difíceis de serem vencidos e outros que conseguimos superar até com certa facilidade.

"A vida é um jogo em que todas as pessoas no planeta jogam. Ele tem regras secretas e que, silenciosamente, direcionam nossos pensamentos, crenças e ações. Esse jogo está dentro de nós. Ele é nós. E nada podemos fazer senão jogá-lo. Não existe como entender o ser humano sem antes entender esse conceito." É assim que começa o livro *The Status Game*, do aclamado escritor e professor inglês Will Storr, ainda sem edição no Brasil.

Volto ao tempo quando ainda jogava futebol. Lembro que na plateia muitos torciam pela nossa vitória, enquanto outros torciam pelo nosso adversário. Uma coisa é certa: sempre vencia aquele time que tinha jogadores mais bem preparados, física e emocionalmente. Também hoje, quando entramos em campo para enfrentar o jogo da vida, uma coisa é indiscutível: devemos estar preparados. Existem muitos *adversários*, e para vencê-los precisamos estar preparados, para bem enfrentarmos a partida até o seu final. No futebol, assim como na vida, alguns vencem na prorrogação. É somente com boas vitórias no jogo da vida que ela adquire propósito e significado.

Em seu livro, Storr concluiu que "não há final feliz. Para se estar vivo e psicologicamente saudável é preciso ter a consciência de que não existe aquela vitória final, aquele último pico a ser escalado para alcançarmos a felicidade definitiva. Isso é uma ilusão. Nunca chegaremos lá. Estaremos sempre jogando o jogo da vida, sempre querendo mais."

Uma coisa é certa: para sermos vitoriosos no difícil jogo da vida, devemos estar bem preparados. Até tenho observado que muitos times de futebol levam para os vestiários jogadores e psicólogos para efetuarem palestras, procurando motivar o grupo a dar tudo de si para saírem vitoriosos. Motivação é um elemento que dá energia ao indivíduo para cumprir com suas tarefas, perseguir seus objetivos e transformar ideais em ação.

Na vida, não precisamos que nossos vestiários recebam psicólogos para sermos imbuídos de uma boa dose de motivação, para reunirmos forças e disposição para sermos vitoriosos e alcançarmos nossos objetivos.

Se a motivação é indispensável para enfrentarmos o jogo da vida, com chance de sairmos vencedores, onde poderemos buscar esse precioso impulso que leva as pessoas dele imbuídas a alcançar os seus objetivos?

Para David McClelland, psicólogo americano e especialista em motivação humana, são três os fatores motivadores que levam o homem a agir: poder, afiliação e realização.

Já Thomas Malone, outro americano, identificou também três fatores principais que motivam as pessoas a participarem no desenvolvimento de suas atividades: dinheiro, amor e glória.

Para a maioria do povo, na realidade existem três elementos-chaves, que devem ser perseguidos para realizar os seus objetivos: intensidade, direção e persistência.

Se me dessem a oportunidade, dentre todos esses, escolheria os meus três: persistência, amor e direção.

O poeta e escritor brasileiro Augusto Branco, soube participar do jogo de sua vida, tanto é que, com enorme sabedoria, afirmou:

Lute com determinação, abrace a vida com paixão, perca com classe e vença com ousadia, porque o mundo pertence a quem se atreve e a vida é muito breve para ser insignificante.

Agora sento na arquibancada e torço para que todos os meus leitores, devidamente motivados, saibam vencer todos os *adversários* e saiam vitoriosos nesse difícil jogo da vida.

Se os seus sonhos são grandes, lute por eles, pois desistir não é bom. Acredite em você mesmo, mas sempre com a certeza de que Deus é maior que todas as coisas, e com Ele todos os sonhos perdidos se tornam sonhos renovados e realizados.
Tarcísio Custódio

Ser humilde é
Saber admitir seus limites,
Saber que
ninguém é melhor do que ninguém.
É entender que cada dia
É um dia de aprendizado.
Admitir que errou,
Mas pode acertar.
Admitir que não sabe,
Mas pode aprender.
E que achar ser,
É bem diferente de ser.

Hiran Mouzinho

Todas as nossas palavras serão inúteis se não brotarem do fundo do coração. As palavras que não dão luz, aumentam a escuridão.

MADRE TERESA DE CALCUTÁ (1910-1997);
defensora da paz, realizou ações de caridade em benefício dos pobres.

CORRER

Na vida e no esporte existem pessoas vencedoras e vencidas!

Vencedor não é aquele que chega em primeiro e quebra todos os recordes; vencedor é aquele que acorda cedo no dia da corrida com um sorriso no rosto, cantando de felicidade e ansioso para ouvir o tiro da largada.

Vencedor é aquele que durante a prova sente Deus tocar o seu corpo através do vento refrescante, do sol que aquece ou do som dos passarinhos e ainda, apesar de estar quase sem fôlego ao ultrapassar outro competidor, consegue sorrir e dar uma palavra de incentivo.

Vencedor é aquele que não se preocupa em quebrar o recorde de tempo na competição, e sim em ter mais corridas.

Vencedor é aquele que diminui a marcha durante a corrida para acompanhar e incentivar outros atletas em dificuldades.

Enfim, vencedor é aquele que não desiste de uma prova por causa de frio, dores musculares e outras pequenas dificuldades do dia a dia. É aquele que, ao final da corrida, independentemente da colocação alcançada ao cruzar a linha de chegada, abre um sorriso e indaga: Quando será a próxima corrida?

Sergio Fornasari

Nem sempre se vence

É interessante, em qualquer esporte, observarmos o comportamento de um atleta diante da derrota. Muitos não sabem perder, querem sempre ganhar.

Uma entrevista, concedida por um famoso jogador de basquete, astro do time Milwaukee Bucks, rodou o mundo pela sua sensibilidade ao tratar desse tema. O desabafo de Giannis Antetokounmpo fez muita gente repensar a vida, ao ser questionado por um jornalista, após a derrota da equipe, se a eliminação poderia ser considerada um fracasso. Era a pergunta certa a fazer; afinal, o grupo estava fora da fase final do campeonato e havia decepcionado seus torcedores. Giannis suspirou fundo, irritado, e disse:

"Você é promovido todos os anos no seu trabalho? Não, certo? Então, todo o ano de trabalho é um fracasso? Sim ou não? Não! Todo ano você trabalha para algo, algum objetivo, que pode ser ganhar uma promoção ou cuidar da sua família, dos seus pais."

Na sequência, Giannis falou da natureza do esporte – que é feito de vitórias e derrotas – e lembrou da história do ídolo Michael Jordan, que jogou 15 anos na NBA e conquistou seis títulos. Não ganhou sempre, e nem por isso deixou de ser admirado.

"Os outros nove anos foram um fracasso? É isso?" – perguntou Giannis.

O segredo é aprendermos a lidar com as derrotas e seguirmos o caminho, cientes de que uma derrota não é o fim. Todos somos cobrados por desempenho, e por vezes nos deixamos levar por pressões de toda ordem e até mesmo adoecemos por conta disso. Precisamos ter em mente que a vida é feita de altos e baixos e que, assim como no esporte, não se ganha sempre.

Diante da proveitosa entrevista de Giannis, observo que o esporte é um excelente instrumento de educação, além, é claro, de fonte de saúde.

A vida é feita de altos e baixos. O que precisamos é tentar manter o equilíbrio. Às vezes, o tempo fecha e de vez em quando muda o clima. Como o esporte, no nosso dia a dia podemos vivenciar iguais situações. Às vezes se ganha, e às vezes se perde. E, se perdermos, devemos saber perder com elegância e dignidade.

Um autor desconhecido nos presenteou com uma obra-prima, intitulada *A Vitória da Vida*, a qual encerra com as seguintes palavras:

Nem mais longe o mais forte o disco lança
Mas o que certo em si, vai firme e em frente
Com a decisão firmada em sua mente.

Tanto no esporte quanto na vida, devemos manter a autoconfiança, levantar e "sacudir a poeira", reunindo forças e nos preparando para a próxima competição, aceitando a verdade de que "nem sempre se vence".

O esporte é muito mais do que socialização, educação, lazer e saúde. Ele engloba tudo isso e mais um pouco, pois esporte é vida, e feito de vidas.
Patricia Eickhoff

A sorte no jogo de azar

Desconheço um passatempo melhor do que um jogo de cartas. Sentamo-nos em uma mesa com amigos ou familiares e as horas passam com muita rapidez. Há indícios de que esse jogo surgiu na China, no século 10, e espalhou-se por todo o mundo.

Prontifiquei-me, embora fugindo um pouco do objetivo desta obra, a levar aos meus leitores algum conhecimento sobre o significado original das cartas de um baralho. Pelo pouco que conheço dessa matéria, esse jogo, lá no início, era, na realidade, para representar um calendário agrícola, que falava das semanas e das estações do ano. Assim, tinha-se a semana do Rei, seguida pela semana da Rainha, do Valete e assim por diante, até que, ao chegar no Ás, mudava a estação e tudo começava com uma nova cor.

Sempre percebi que é muito difícil encontrar pessoas avessas a esse jogo. Todos conhecem algum tipo de jogo de baralho e apreciam jogar. Tenho netos, embora pequenos, até mesmo com pouca idade, que querem participar do jogo. Sentam-se na mesa e pedem cartas!

Fiquei impressionado com tudo que significam as cartas de baralho. Quem inventou esse jogo tinha um cérebro privilegiado. Baseou-se em um calendário. Era o ano que estava diante dele. Vejamos:

- As 52 cartas representam as 52 semanas do ano.
- As 2 cores representam o dia e a noite.
- Os 4 naipes são as 4 estações (verão = ouros, outono = paus, inverno = copas, primavera = espadas), com 13 semanas (cartas) por estação.

- São 12 cartas judiciais (valetes, damas e reis), representando os 12 meses do ano.
- Se somarmos cada uma das cartas do jogo (ás + ás + ás + ás + 2 + 2 + 2 + 2 + 3 + 3, etc.), teremos um total de 364.

Com o coringa, completa-se o número de dias do ano.

Tive a oportunidade de visitar, pelo mundo, vários cassinos, onde várias mesas são expostas com tipos diferentes de jogos de cartas.

Conheço alguns amigos que vão visitar essas casas de diversão, na vã expectativa de que vão ganhar. Muitos perdem e poucos saem vitoriosos. A banca sempre ganha, é o que diz a sabedoria popular.

Em várias cidades do Brasil existiam cassinos, mas no ano de 1946, através de um Decreto-Lei, o presidente Eurico Gaspar Dutra acabou com os jogos de azar, sob o argumento de que esses jogos eram degradantes para os seres humanos. Nos dias atuais, tramitam projetos que tornam possível a sua reabertura.

Alguns visitam um cassino dispostos a apostar e ganhar dinheiro. Mas não podemos esquecer que a banca sempre ganha. Devemos dar ouvido ao bom conselho de Coleman Cox quando diz: "Eu acredito demais na sorte. E tenho constatado que, quanto mais duro eu trabalho, mais sorte eu tenho."

Cautela e caldo de galinha não fazem mal a ninguém.

Tente a sua sorte! A vida é feita de oportunidades. O homem que vai mais longe é quase sempre aquele que tem coragem de arriscar.
Dale Carnegie

Viver é correr riscos

O autor da frase que dá título a este artigo – Viver é correr riscos – foi Sêneca, filósofo, escritor e político romano. Nasceu no ano 4 a.C. e foi um mestre da retórica. Ainda criança foi enviado a Roma para estudar oratória e filosofia.

Todos nós, todos os dias e em todos os lugares, corremos riscos. Lendo o texto desse filósofo romano, concluímos que o maior risco é não arriscar nada, não fazer nada, não mudar nada, não amar e não lutar. Sairemos vitoriosos se reunirmos forças para superar todos os riscos que surgirem em nosso caminho.

Ele assim descreve:

Rir é correr o risco de parecer tolo.
Chorar é correr o risco de parecer sentimental.
Estender a mão é correr o risco de se envolver.

Expor seus sentimentos é correr o risco
de mostrar seu verdadeiro eu.

Defender seus sonhos e ideias diante da multidão
é correr o risco de perder as pessoas.

Amar é correr o risco de não ser correspondido.
Viver é correr o risco de morrer.

Confiar é correr o risco de se decepcionar.
Tentar é correr o risco de fracassar.

Mas os riscos devem ser corridos,
porque o maior perigo é não arriscar nada.

Há pessoas que não correm nenhum risco,
não fazem nada, não têm nada e não são nada.

Elas podem até evitar sofrimentos e desilusões,
mas elas não conseguem nada, não sentem nada,
não mudam, não crescem, não amam, não vivem.

Acorrentadas por suas atitudes, elas viram
escravas, privam-se de sua liberdade.

Somente a pessoa que corre riscos é livre!

Esse notável filósofo romano não publicou nenhum livro, mas deixou-nos inúmeras cartas e ensaios, todos num estilo pessoal. O espírito de amizade permeia seus textos, passando a ser conhecido como o mais envolvente e elegante dos autores estoicos, dessa doutrina filosófica que propunha que os homens vivessem em harmonia com a natureza – o que significava viver em harmonia consigo mesmo, com a humanidade e com o universo.

Selecionamos algumas frases famosas que irão nos ajudar a entender o pensamento desse filósofo, e que, embora escritas há séculos, ainda se mostram úteis nos dias atuais:

- Por quanto tempo poderei viver não depende de mim, mas, como vivo, está sob o meu controle.
- Apressa-te a viver bem e pensa que cada dia é, por si só, uma vida.
- É preciso dizer a verdade apenas a quem está disposto a ouvi-la.
- Trabalha como se vivesses para sempre. Ama como se fosses morrer hoje.
- Não é porque certas coisas são difíceis que nós não ousamos; é justamente porque não ousamos que tais coisas são difíceis.

- O pobre não é aquele que tem muito pouco, mas alguém que sempre anseia por mais.
- Todos os seres humanos nascem para uma vida de companheirismo e a sociedade só pode permanecer saudável por meio da proteção mútua e do amor de suas partes.
- Nosso bem não está apenas em viver, mas viver bem. Portanto, a pessoa sábia vive tanto quanto deve, não tanto quanto pode viver. E sempre reflete sobre a qualidade de sua vida e não sobre sua extensão.
- Não exija que eu seja igual aos melhores, mas melhor do que os piores. Para mim, basta reduzir o número de meus vícios e corrigir meus erros a cada dia.

Procurando conhecer um pouco mais de sua história, vemos que ele assumiu uma cadeira no Senado, tomou posições que desagradaram os imperadores, até que Nero deu ordens para ele suicidar-se. Com apenas 69 anos, na presença dos amigos, cortou os seus pulsos e morreu.

Sêneca, com sua filosofia estoica, buscava conclusões no pensamento racional, sugerindo que cada um refletisse no final de cada dia assim:

- O que eu fiz bem?
- O que eu fiz mal?
- Como posso melhorar?
- O que deixei de fazer?

A instrutora Silvia Serpa escreveu sobre este tema que "para viver intensamente é preciso, antes de tudo, ter coragem para ser o escritor da própria vida e não somente o espectador. É ter coragem de mudar o rumo, a direção, mudar de estratégia, de hábitos, reinventar-se, reprogramar-se. Somente quem tem coragem de se expor, de correr riscos, tem a vida em suas mãos, sendo livre para fazer suas próprias escolhas."

Cada dia que se inicia é uma nova chance de começar de novo.
Aproveite as oportunidades que a vida lhe dá.
Não economize sorrisos nesse dia e faça alguém sorrir também.
Encontre a paz, veja o amor, perceba a beleza interior.
Saiba quando fechar os olhos e enxergar o mundo com os olhos da alma.
Veja as maravilhas desse dia que se inicia.
Nada está igual.
O céu nunca mais será o mesmo do jeito que é nesse momento.
Não perca a oportunidade de contemplá-lo.
Diga "Eu te amo".
Tenha fé.
Conserve bons sentimentos e jogue fora tudo que for ruim e pesado.
Seja feliz.

Gustavo Aschar

A arte na minha guerra

Somos forçados a reconhecer que no nosso dia a dia nos deparamos com algumas batalhas a serem enfrentadas. Quem não as tem? Nossa vontade é de sempre vencer. Esforçamo-nos para isso. Também podemos perder algumas batalhas, pois ninguém consegue ganhar todas. Mas sempre devemos estar preparados para enfrentá-las e, se possível, vencê-las. Veja bem: o necessário é estarmos preparados.

No século IV a.C. viveu na China Sun Tzu, general, estrategista e filósofo. Atribuem a ele a autoria da obra *A Arte da Guerra*, com 13 capítulos, considerado um verdadeiro tratado sobre planejamento, estratégia e liderança.

Percebo que seu trabalho traz muitos ensinamentos válidos para serem usados também nas nossas atividades pessoais e profissionais, para sairmos vitoriosos. Para vencermos na vida e vencermos nossos inimigos também precisamos sempre colocar em prática essas três palavrinhas mágicas: planejamento, estratégia e liderança.

Buscamos, nas páginas de *A Arte da Guerra*, alguns de seus ensinamentos, que nos ajudam a mudar a percepção do mundo e nos ajudam a conquistar nossos objetivos pessoais.

Eis, a seguir, alguns dos seus bons e valiosos ensinamentos:

- As oportunidades multiplicam-se à medida que são agarradas.
- A suprema arte da guerra é derrotar o inimigo sem lutar.
- Diante de uma larga frente de batalha, procure o ponto mais fraco e, ali, ataque com sua maior força.

- A vitória está reservada para aqueles que estão dispostos a pagar o preço.
- Comandar muitos é o mesmo que comandar poucos. Tudo é uma questão de organização.
- Se você conhece o inimigo e conhece a si mesmo, não precisa temer o resultado de cem batalhas. Caso não conheça nem o inimigo nem a si mesmo, perderá todas as batalhas.
- Triunfam aqueles que sabem quando lutar e quando esperar.
- Aquele que se empenha em resolver as dificuldades, resolve-as antes que elas surjam.
- É mais importante ser mais inteligente do que o inimigo mais poderoso.
- Para ser vitorioso, você precisa ver o que não está visível.

Esses são apenas alguns dos inúmeros ensinamentos constantes neste livro antigo, e ainda hoje usado por várias nações. Uma vez aplicados, nos ajudam a vencer as nossas próprias guerras.

Para enfrentarmos nossos inimigos pessoais, devemos estar preparados e partir para a luta com força total.

Voltamos novamente ao conselho desse filósofo chinês, que ensina:

Quando capaz, finja ser incapaz; quando pronto, finja estar despreparado; quando próximo, finja estar longe; quando longe, faça acreditar que está próximo.

Assim, percebemos que para sairmos vitoriosos, não basta apenas a força física. Somos levados a ver que temos que estar preparados. E, como Sun Tzu dizia, "ainda que você enfrente cem batalhas, nunca será derrotado".

A oportunidade não diz quando vai surgir, mas exige que você esteja preparado quando da sua chegada.
Josemar Santos

Confiança em si

Convido os meus leitores a se debruçarem um pouco sobre o tema confiança, de suma importância ao longo de toda a nossa vida. Esse termo até pode ter outras interpretações, que não serão abordadas ao longo deste texto. Confiança do outro em você, ou confiança sua no outro. O que pretendo abordar não será nenhuma dessas situações.

Quero apenas falar sobre a confiança em si mesmo, para vencer na vida, para correr atrás de seus objetivos. Vamos buscar alguns exemplos para que você veja a possibilidade de desenvolvê-la. Jamais alegue que é impossível alcançá-la.

Bem dizia Brian Tracy que "a confiança é um hábito que pode ser desenvolvido agindo como se você já tivesse a confiança que deseja ter".

Dirk Wolter, em uma de suas palestras, afirmou que "o caminho do sucesso está cheio de lugares fáceis para se estacionar". Ele sempre destaca o papel fundamental de ter confiança em si mesmo. Gosta de afirmar aos seus ouvintes que os três passos mais importantes para conquistar qualquer coisa são o último passo, o primeiro passo e o próximo passo, sendo que "o último passo é o passo final que você dá para alcançar o objetivo almejado".

Sempre na vida percebi que, para alcançar nossos objetivos, o caminho não está em linha reta. Nada melhor do que estacionar o veículo que nos conduz em um lugar onde possamos abastecê-lo de confiança. Ela vai nos levar para o caminho do sucesso. Para Wolter, a confiança em si mesmo é o primeiro e o maior segredo para chegar ao sucesso em qualquer empreitada.

A sofróloga Sylvie Cherrier dedicou boa parte de seu tempo estudando sobre a confiança. Selecionou 10 frases positivas, como sugestão para aumentar nossa autoconfiança, alertando que devemos escolher as palavras que podem nos estimular, dependendo de nossos objetivos.

Como exemplo, ela nos dá:

- Eu estou cada vez mais feliz.
- Eu estou ficando cada vez mais forte.
- Minha vida está melhorando a cada dia.
- Eu me sinto bem com a minha vida.
- Minha autoconfiança é forte.
- Eu tenho confiança nas minhas capacidades.
- Eu tenho fé na vida.
- Eu me sinto bem no meu corpo.
- Eu sou uma pessoa deslumbrante.
- Eu vou ter um bom dia.

Para essa sofróloga, "o pensamento positivo é útil e eficaz. Ele nos apela a desenvolver a condição mental que nos dá confiança, o fato de ousarmos fazer as coisas". Isso nos permite abordar a vida de maneira diferente e ver as coisas sob outro ângulo.

Eu posso fazer isso.
Eu vou ser.
Eu quero.
Eu vou chegar.
Eu sou capaz.
Eu vou conseguir.
Vai ficar tudo bem.

Se nos detêssemos a verificar a principal razão que levou muitos a alcançarem sucesso na vida, iríamos perceber com facilidade que todos eles possuíam confiança e tocaram em frente, até atingirem seus objetivos.

Uma coisa é certa: nós não podemos perder a confiança e, se não a temos, devemos nos esforçar para alcançá-la.
O salmista Davi confessava que

Ainda que um exército se acampe contra mim, meu coração não temerá; ainda que se declare guerra contra mim, mesmo assim estarei confiante.
(Salmos 27:9)

Vemos, assim, que não podemos perder a confiança.

Que hoje você possa olhar para trás e ver que os seus problemas de ontem eram, na verdade, degraus que agora estão ajudando a te levar à vitória.
Dirk Wolter

Mudam-se os tempos, mudam-se as vontades,
Muda-se o ser, muda-se a confiança;
Todo o mundo é composto de mudança,
Tomando sempre novas qualidades.

Continuamente vemos novidades,
Diferentes em tudo da esperança;
Do mal ficam as mágoas na lembrança,
E do bem, se algum houve, as saudades.

O tempo cobre o chão de verde manto,
Que já coberto foi de neve fria,
E em mim converte em choro o doce canto.

E, afora este mudar-se cada dia,
Outra mudança faz de mor espanto:
Que não se muda já como soía.

Luís de Camões

É genial festejar o sucesso, mas
é mais importante aprender
com as lições do fracasso.

BILL GATES
(1955-),
*norte-americano, fundador da Microsoft,
a maior e mais conhecida empresa de software do mundo.*

Relembre algumas frases inspiradoras de Bill Gates para a sua carreira:

- "O sucesso é um professor traiçoeiro. Ele seduz pessoas inteligentes e as faz pensar que elas não podem perder tudo."
- "Os líderes do futuro são os que empoderam os outros."
- "É mais fácil ser o primeiro do que continuar a ser o primeiro."
- "Escolho uma pessoa preguiçosa para desenvolver um trabalho árduo. Por causa da preguiça, ela vai descobrir um meio simples de resolver o problema."
- "Se você acha que seu pai ou seu professor são rudes, espere até ter um chefe. Ele não terá pena de você."
- "Nunca se compare com ninguém neste mundo. Caso o faça, entenda que você estará insultando a si mesmo."
- "Tente uma, duas, três vezes e se possível tente a quarta, a quinta e quantas vezes for necessário. Só não desista nas primeiras tentativas; a persistência é amiga da conquista. Se você quer chegar onde a maioria não chega, faça o que a maioria não faz."
- "Hoje, o 'eu não sei' se tornou o 'eu ainda não sei'."

Elevar a autoestima

Todas as obras que escrevi até aqui sempre tiveram como objetivo principal elevar a autoestima dos meus leitores.

Definir a autoestima é muito simples, pois sabemos que se trata de uma avaliação subjetiva que um indivíduo faz de si. Tem enorme importância na vida de todos nós pois ela interfere diretamente na maneira como nos comportamos em sociedade, como agimos e até mesmo no que pensamos no nosso dia a dia. Ela está relacionada ao desenvolvimento do nosso ego, pois é uma "estima de si", como bem dizia Freud.

Nada melhor do que atribuir sempre um bom valor para si próprio. Essa característica é fundamental para o nosso bem-estar.

Com alguma tristeza, encontramos ao nosso redor pessoas próximas que apresentam baixa autoestima, assim demonstrando:

- Falta de confiança.
- Timidez em excesso.
- Medo de serem rejeitados.
- Problematizam as suas limitações.
- Precisam de elogios e reconhecimento dos outros para se sentirem satisfeitos consigo mesmos.
- Não sabem receber críticas.
- Competitivos com os outros e estão sempre se comparando.
- Têm por hábito a procrastinação.
- Perfeccionistas.
- Não reconhecem suas vitórias e sucesso.

Todas essas situações acabam prejudicando a saúde e trazem outros males correlatos.

Importantes psicanalistas, como Hilde Bruch, Mara Selvini Palazzoli e Minuchin, a partir de seus estudos, correlacionaram alguns transtornos à falta de autoestima, sentimento de inadequação, incompetência e perfeccionismo.

Até fico a pensar que acabam sofrendo de baixa autoestima todos aqueles que buscam a perfeição. Querem ser perfeitos em tudo.

Para o filósofo e escritor francês Jean-Paul Sartre, "o importante não é aquilo que fazem de nós, mas o que nós fazemos do que os outros fizeram de nós".

Há meio século, o professor de Psicologia Robert Rosenthal e a professora primária Lenore Jacobson, através de correspondência, pois um morava distante do outro, criaram um influente estudo do Efeito Pigmaleão, que na psicologia é o fenômeno de que quanto maiores forem as expectativas referentes a uma pessoa, maior será o seu desempenho.

Esse efeito foi levado a uma escola, quando informaram aos professores que na sua escola haviam feito um teste e verificado que ali existiam alunos brilhantes, que poderiam alcançar metas acima da média. Diante dessa boa informação, os professores passaram a depositar mais confiança em seus alunos e a transmitir-lhes mais segurança. No fim do curso, veio a recompensa. De forma brilhante, todos, com boas notas, concluíram os estudos. Isso se deu pelo estímulo, que elevou sua autoestima, embora, de fato, nenhum teste antecipado tivesse sido aplicado.

Queremos, nesta altura, listar as características apresentadas pelos portadores de boa autoestima:

- Facilidade para mudar.
- Confiança em si mesmos.
- Lidam bem com seus pontos fracos.
- Tomam atitudes.
- São seguros.

- Não são nem modestos, nem arrogantes.
- Lidam bem com a solidão ou o desapego.
- Sabem dizer não.

Em nossas atitudes, devemos cuidar para que sejam sempre justas para com aqueles que nos rodeiam, lembrando que, imbuídos de uma boa autoestima, seremos fortalecidos para realizar, se possível, até mesmo aquilo que está aparentemente acima de nossas possibilidades.

Existem três coisas que são só suas e intransferíveis: fé, autoestima e determinação. Você pode até estimular alguém a ter fé, autoestima e determinação, mas cada um deve encontrá-las e cultivá-las em si mesmo, pois são impossíveis de serem emprestadas ou transferidas.
Roberto Ferreira

Aceitação é a chave para a saudável autoestima de que tanto se corre atrás.
Viva seu melhor, valorize-se na medida de suas expectativas mais sinceras.
Você já é especial assim como é.
Acredite, não há ninguém no universo como você.
Somos únicos do jeito que somos e se tiver que mudar, mude por e para você.
Ajuste-se a si, afinal terá que viver para sempre aí dentro...
Faça com que isso seja no mínimo muito agradável!

Valeska de Gracia

O cérebro,
um universo misterioso

Todos nós gostamos de aprender algumas lições com seres humanos que se destacam na sociedade. Um deles é Paulo Niemeyer Filho, que com perseverança e dedicação completou o curso de Medicina, especializando-se como neurocirurgião, e é hoje considerado um dos melhores do país em sua especialidade, e talvez do mundo.

Esse renomado carioca, médico e escritor, foi eleito imortal pela Academia Brasileira de Letras. Uma de suas principais obras é *No Labirinto do Cérebro*, no qual ele, com seu notável conhecimento, descreve este universo tão misterioso.

A *Revista Poder* destacou um de seus repórteres para entrevistar esse famoso neurocirurgião. Vale a pena ler cuidadosamente suas declarações, pois temos muito a delas aprender e, se forem praticadas, nos ajudarão a prolongar nossos dias de vida.

Quando as perguntas lhe foram formuladas, esse médico assim respondeu:

O que fazer para melhorar o cérebro?
– Você tem de tratar do espírito. Precisa estar feliz, de bem com a vida, fazer exercício. Se está deprimido, reclamando de tudo, com a autoestima baixa, a primeira coisa que acontece é a memória ir embora; 90% das queixas de falta de memória são por depressão, desencanto, desestímulo. Para o cérebro funcionar melhor, você tem de ter alegria. Acordar de manhã e ter desejo de fazer alguma coisa, ter prazer no que está fazendo e ter a autoestima no ponto.

O que se pode fazer para se prevenir de doenças neurológicas?
– *Todo adulto deve incluir no* check-up *uma investigação cerebral. Vou dar um exemplo: os aneurismas cerebrais têm uma mortalidade de 50% quando rompem, não importa o tratamento. Dos 50% que não morrem, 30% vão ter uma sequela grave: ficar sem falar ou ter uma paralisia. Só 20% ficam bem. Agora, se você encontra o aneurisma num* check-up, *antes dele sangrar, tem o risco do tratamento, que é de 2%, 3%. É uma doença muito grave, que pode ser prevenida com um* check-up.

Você acha que a vida moderna atrapalha?
– *Não, eu acho a vida moderna uma maravilha. A vida na Idade Média era um horror. As pessoas morriam de doenças que hoje são banais de serem tratadas. O sofrimento era muito maior. As pessoas morriam em casa com dor. Hoje existem remédios fortíssimos, ninguém mais tem dor.*

Existe algum inimigo do bom funcionamento do cérebro?
– *O exagero. Na bebida, nas drogas, na comida. O cérebro tem de ser bem tratado como o corpo. Uma coisa depende da outra. É muito difícil um cérebro ir muito bem num corpo muito maltratado, e vice-versa.*

Qual a evolução que você imagina para a neurocirurgia?
– *Até agora a gente trata das deformidades que a doença causa, mas acho que vamos entrar numa fase de reparação do funcionamento cerebral, cirurgia genética, que serão cirurgias com introdução de cateter, colocação de partículas de nanotecnologia, em que você vai entrar na célula, com partículas que carregam dentro delas um remédio que vai matar aquela célula doente. Daqui a 50 anos ninguém mais vai precisar abrir a cabeça.*

Você acha que nós somos a última geração que vai envelhecer?
– *Acho que vamos morrer igual, mas vamos envelhecer menos. As pessoas irão bem até morrer. É isso que a gente espera. Ninguém quer*

a decadência da velhice. Se você puder ir bem de saúde, de aspecto, até o dia da morte, será uma maravilha.

Hoje a gente lida com o tempo de uma forma completamente diferente. Você acha que isso muda o funcionamento cerebral das pessoas?
– O cérebro vai se adaptando aos estímulos que recebe, e às necessidades. Você vê pais reclamando que os filhos não saem da Internet, mas eles têm de fazer isso porque o cérebro hoje vai funcionar nessa rapidez. Ele tem de entrar nesse clique, porque senão vai ficar para trás. Isso faz parte do mundo em que a gente vive e o cérebro vai correndo atrás, adaptando-se.

Você acredita em Deus?
– Geralmente depois de dez horas de cirurgia, aquele estresse, aquela adrenalina toda, quando acabamos de operar, vai até a família e diz: "Ele está salvo". Aí, a família olha pra você e diz: "Graças a Deus!". Então, a gente acredita que não fomos apenas nós.

Procurando alguns dados em sua biografia, verificamos que ele estabeleceu alguns pressupostos, que sempre o ajudaram a tomar decisões importantes na vida, que na realidade são virtudes de seu cérebro.

- Uma sólida formação.
- A serenidade.
- A esperança de mãos dadas com seu paciente.
- O bom exemplo profissional.
- O humanismo a favor do Brasil dos mais necessitados.

Para ele, é bom cuidar desse órgão maravilhoso do corpo humano, que é o nosso cérebro, evitando qualquer exagero, para chegar com "boa saúde e bom aspecto" até o fim de nossa vida.

O cérebro é como um músculo. Quando pensamos bem, nos sentimos bem.
Carl Sagan

Em meio às turbulências da vida moderna, onde os minutos fazem toda a diferença, deveríamos ter um momento para descomprimir nossa caixa de entulhos, que vamos acumulando ao longo do tempo.
As tensões diárias vão impregnando a mente, gerando estresse e sobrecarga. Não adianta ignorar os sintomas, como a fadiga, o cansaço, a ansiedade, a irritabilidade, a insônia talvez. Estes sinais formam um leque de doenças que vão se instalar e perturbar o equilíbrio do nosso organismo.
Sei que não é fácil parar o que está fazendo e sair para tomar um ar... mas a pausa consciente das atividades é essencial para o nosso bem-estar.
Muitas vezes, ouvir uma música relaxante, dar uma volta no parque, brincar com seu animal de estimação, jogar bola com seu filho, ler um livro, enfim fazer algo que te desligue do barulho do mundo e esvazie tua cabeça, já é muito salutar e eficiente para liberar as tensões e ficar mais leve.
Não deixe acumular aquilo que pode te fazer mal.
Relaxa, respira, distraia...

Angela Cristina Brand

Palácio da memória

O cérebro é o computador central do nosso corpo. Pesa apenas 1,3 kg, o que equivale a cerca de dois por cento do nosso peso total, e recebe 25% do sangue que é bombeado. É nessa caixa pequena que se encontra o centro do pensamento, fala, audição e a memória, entre outros. Neste texto nos propomos a nos deter na memória. Como é bom ver pessoas que demonstram ter uma boa memória! Recordam com segurança e facilidade fatos ocorridos no passado, embora transcorridos há muitos anos. São privilegiados! Essa capacidade ajuda em todas as suas atividades.

O exercício mental contribui para o desenvolvimento do cérebro. Até mesmo a montagem de um quebra-cabeças, juntando as pecinhas de diferentes formatos, é um hábito que influencia no desenvolvimento dos circuitos neurais e retarda o início de doenças.

Tudo isso pôde ser confirmado pela gaúcha Janice Bragagnolo, de 58 anos, que pela terceira vez se tornou recordista brasileira ao montar um quebra-cabeças com 60 mil peças, que hoje ocupa uma parede inteira na sua galeria de arte, que se tornou um novo e atrativo ponto turístico no município de Carlos Barbosa, na serra gaúcha. Ao ser entrevistada, ela confessou que esse passatempo "melhorou minha capacidade de raciocínio".

Além disso, existem muitos outros processos para fortalecer a memorização, cujas técnicas, verbal ou visual, podem ajudar a reter e a desenvolver nossa memória.

O Palácio da Memória é uma técnica milenar, na antiguidade usada pelos oradores, para fazerem com sucesso os seus discursos.

Muitos escrevem o que não podem esquecer. Aqueles que têm o dom da palavra evitam escrever os seus pronunciamentos. Como diz o adágio popular: "Discurso lido é discurso perdido". Em regra, alguns ouvintes ficam na expectativa de ver o orador tropeçar em algumas palavras. Por isso que é bom sempre estar preparado na memorização. Estudiosos resumiram em quatro passos que podem ajudar:

- Atenção
- Codificação
- Armazenamento
- Recuperação

O psicólogo Pierce Howard, no seu *Manual do Proprietário para o Cérebro*, aconselha que o trabalho que envolve grande esforço intelectual seja "espaçado, para permitir que novas conexões neurais se formem".

No passado, a BBC apresentou uma série, intitulada *Palácio da Memória*, interpretada por Sherlock Holmes. Os que assistiram ficaram impressionados com a sua memória, porém a realidade é bem menos complicada do que parece na série. O personagem consegue lembrar de tudo, graças ao Palácio da Memória, um método que teve origem na Grécia Antiga, e que realmente pode ajudar as pessoas com memórias duradouras. É chamado também de técnica mnemônica, ou *método de loci*, em que as pessoas navegam mentalmente por espaços familiares, *deixando* suas memórias em algum lugar no caminho, e depois refazem os passos para pegá-las.

Pesquisadores procuraram descobrir o melhor método para desenvolver a memória. Cinquenta pessoas foram recrutadas e divididas em três grupos:

- Um aprendeu o *Palácio da Memória* de Sherlock.
- Outro aprendeu uma tática diferente de memória.
- O último não foi treinado de forma alguma.

Através de testes, mediram quem teria memórias fracas e quem teria memórias duráveis. Durante os exercícios, algo inesperado foi identificado pela equipe, pois a atividade no cérebro dos participantes diminuiu em áreas envolvidas no processamento da memória e na memória de longo prazo. Obteve destaque o primeiro grupo, que utilizou o *método de loci*, e apresentou um resultado bastante superior ao dos demais.

Descobriram que menos ativação cerebral levou a uma melhor memória, pois o método *lugar* leva a trabalhar com mais eficiência, o que confirma a conclusão do psicólogo Pierce Howard.

Existem maneiras mais simples para aumentar a nossa memória. Reserve tempo e prática, lembrando sempre que o cérebro é um músculo, e a memória é uma de suas habilidades.

Nada melhor do que fortalecer também esse músculo e desfrutar de uma boa memória, que vai nos ajudar a concretizar os nossos objetivos.

Somos a memória que temos e a responsabilidade que assumimos. Sem memória não existimos, sem responsabilidade talvez não mereçamos existir.
José Saramago

Precisamos nos lembrar do passado, das escolhas que fizemos, que nos tornaram o que somos hoje.

Precisamos nos lembrar do passado, das promessas feitas que ainda não foram cumpridas.

Precisamos nos lembrar do passado, das lições que a vida insiste em nos ensinar.

Precisamos nos lembrar do passado, das amizades que perdemos por falta de atenção.

Precisamos nos lembrar do passado, dos amores que ficaram para trás e não podem voltar.

Precisamos nos lembrar do passado, das pessoas que nos inspiram a todo momento.

Precisamos nos lembrar do passado, das canções que formam a trilha sonora da nossa vida.

Precisamos nos lembrar do passado, dos erros cometidos que deixaram cicatrizes eternas.

Precisamos nos lembrar do passado, dos livros lidos que nos preencheram de conhecimentos.

Precisamos nos lembrar do passado, de quem esteve ao nosso lado até aqui.

Precisamos nos lembrar do passado, dos sonhos criados mas ainda não alcançados.

Precisamos nos lembrar do passado, lembrar que para lá nunca devemos voltar.

Augusto Pereira

Luzes da ribalta

*L*uzes da Ribalta é o título do último filme lançado pelo cineasta Charles Chaplin (1889-1977). Baseou-se no romance inédito que ele mesmo escreveu, contendo 34 mil palavras, complementado por uma biografia de outras cinco mil palavras, narrando a vida do protagonista Calvero, um palhaço velho, decadente e bêbado, e seu amor platônico e impossível por Terry, uma jovem bailarina suicida.

Embora não tenha assistido ao filme, lançado no distante ano de 1950, busquei alguns dados sobre o seu roteiro:

> *Deprimida com a sua carreira de dançarina, Terry tenta se suicidar, mas é salva por Calvero, um pobre, que era um famoso palhaço. Calvero ajuda Terry e, no processo, recupera sua autoestima também. Quando Terry propõe casamento, Calvero acha que a diferença de idade é grande demais e vai embora para se tornar um palhaço de rua. Terry, então, começa um relacionamento com um compositor jovem e promissor.*

Charles Chaplin acumulou na produção desse filme oito funções, inclusive a de ator. Devido à beleza de sua trama, *Luzes da Ribalta* concorreu ao Oscar, indicado em quatro categorias, e venceu o prêmio de melhor trilha sonora.

Chaplin era um gênio. Exerceu humildes atividades até se tornar famoso. Muitos devem ter visto o personagem Carlitos, que ele criou, um andarilho com pendores de aristocrata e aquele bigodinho que virou o personagem mais famoso da história do cinema.

Penso que, inspirado nesse filme, cerca de duas décadas após o seu lançamento, o carioca José Augusto, cantor e compositor, lançou a canção *Luzes da Ribalta*, uma das 400 músicas de sua longa carreira de sucesso. Sua letra contém enorme sensibilidade, retrata nossa vida e traz saudosas recordações.

> *Vidas que se acabam a sorrir*
> *Luzes que se apagam, nada mais*
> *É sonhar em vão, tentar aos outros iludir*
> *Se o que se foi, pra nós não voltará jamais*
> *Para que chorar o que passou?*
> *Lamentar perdidas ilusões*
> *Se o ideal que sempre nos acalentou*
> *Renascerá em outros corações.*

Tanto o filme quanto a música nos levam a pensarmos sobre o melhor comportamento para as situações que surgem no decorrer da nossa vida.

Primeiro no filme, onde o espectador se emociona com o comportamento de Calvero, ao evitar que Terry cometesse suicídio. Sempre encontramos diferentes maneiras de fazer o bem ao nosso próximo. Não é somente dando dinheiro, pois, como o filme nos mostra, Terry precisava de atenção e de amor. E essas são qualidades que todo ser humano tem de sobra para distribuir. É fácil imaginar a felicidade que aquele pobre palhaço passou a usufruir ao ver que seu ato de bondade surtira efeito, ao salvar uma vida.

Já na música, o compositor nos recomenda: "o que se foi, pra nós não voltará jamais". Há muita gente que sofre, e sofre muito, remoendo o que passou. "Para que chorar o que passou?" A vida está no presente! "O que se foi pra nós não voltará jamais". Desligue do passado e viva apenas o momento presente. É bem melhor sonhar e pensar no futuro do que se preocupar com tudo aquilo que passou. Vivendo assim, podemos aproveitar as belezas que a vida nos proporciona. A vida pode ser compreendida quando olhamos para trás para recapitular, porém a vida só é bem vivida quando abrimos nossos olhos e corações e olhamos para a frente.

São duas belezas, o filme e a música, embora sejam separadas uma da outra por duas décadas.

São as *Luzes da Ribalta*!

Desejo que as luzes do palco de nossas vidas iluminem os nossos caminhos, para alcançarmos todos os nossos propósitos. E que sejam os melhores propósitos.

Quem vive no passado, deixa de viver a alegria do presente e perde a esperança do futuro.
Robson Fernandes

SORRIA

Sorria, embora seu coração esteja doendo
Sorria, mesmo que ele esteja partido
Quando há nuvens no céu
Você sobreviverá...

Se você apenas sorrir
Com seu medo e tristeza
Sorria e talvez amanhã
Você verá o sol vir brilhando para você...

Ilumine sua face com alegria
Esconda todo rastro de tristeza
Embora uma lágrima possa estar tão próxima
Este é o momento que você tem que continuar tentando

Sorria, pra que serve o choro?
Você descobrirá que a vida ainda vale a pena
Se você apenas sorrir...

John Turner e Geoffrey Parsons

Viver é sentir a vida

Pena que muitos não comungam do pensamento de que viver é sentir a vida. Apenas respiram e deixam de vivê-la intensamente, embora sabendo que a vida é curta e passageira.

Vejo com alegria que muitos sabem bem aproveitá-la, em todas as horas do dia. São seres humanos cheios de pique, e vivem com entusiasmo para dar e vender.

Sigmund Freud ensinava que a maneira mais fácil de renascer é viver e sentir o dia todos os dias. Só a experiência própria é capaz de tornar sábio o ser humano. Alguém disse que "a experiência é uma lanterna pendurada nas costas, que ilumina o caminho percorrido, e nos ensina a avançar".

Pediram ao professor de literatura Paulo Venturelli, um catarinense, uma lista das principais obras que marcaram a sua vida. Relacionou as seguintes:

- *A Montanha Mágica*, de Thomas Mann, que passa em revisão desde as fossas abissais até as constelações celestes, a partir do momento em que o personagem central se vê doente e faz uma revisão de sua vida.
- *Morte a Crédito*, de Céline, que é uma reflexão acurada sobre alguém marginalizado de todo ângulo.
- *As Vinhas da Ira*, de John Steinbeck, que focaliza as agruras no campo, um tema atual, a partir do instante em que chega a modernização das máquinas.

- ***O Processo***, de Franz Kafka, que descortina a crueldade da burocracia vazia em nossas vidas, capaz de nos vitimar sem que saibamos o porquê.
- ***Dom Casmurro***, de Machado de Assis, que faz uma prospecção funda no mito do amor romântico e mostra em diversos matizes como este é vazio e não oferece a sensação de permanência que buscamos.
- ***A Paixão Segundo G.H.***, de Clarice Lispector, que é um tratado existencialista sobre a náusea de ser e existir, a partir do enquadramento da personagem em seu vazio existencial.
- ***Grande Sertão: Veredas***, de Guimarães Rosa, que estuda os contrachoques de um amor que foge aos padrões rotineiros e toda sorte de angústia que isso traz para Riobaldo.
- ***A Doença de Haggard***, de Patrick McGrath, que também é o enredo de um amor desfeito e a percepção de como um personagem se está transformando aos olhos do médico, sem que aquele admita.

Cada um tem sua relação de livros que, após lidos, marcaram sua vida. O importante é sempre se debruçar em uma boa leitura, cujo conteúdo ensine que não basta apenas viver, mas que se deve sentir a vida. Sentir suas sensações, sentir todos os sentimentos. Dessas leituras devemos tirar lições que nos ensinem sobre as incontáveis belezas da vida, e que nos impulsionem a desfrutá-las intensamente. Sem desperdiçar tempo, corra atrás dos seus sonhos e faça com que eles se transformem numa doce realidade.

Vinicius de Moraes era carinhosamente conhecido como Poetinha. Foi um dos nomes mais marcantes da poesia e da música brasileira. Escreveu:

É claro que a vida é boa
E a alegria, a única indizível emoção
É claro que te acho linda
Em ti bendigo o amor das coisas simples

É claro que te amo
E tenho tudo para ser feliz
Mas acontece que eu sou triste.

De fato, a vida tem seus altos e baixos. Deixemos a tristeza de lado e vamos viver momentos de alegria. Nunca é tarde para aprender a viver. Essa força, para alcançar nossos objetivos, está dentro de cada um de nós. Bom será que ninguém venha no futuro mostrar arrependimento pelo tempo que não foi bem aproveitado.

Com amor, alegria e disposição vamos sempre celebrar a beleza da vida.

Viver nunca foi fácil, sempre cheio de altos e baixos... Então, vamos valorizar os altos e aprender com os baixos!
Julienne Santos

QUANTO VALE UM SORRISO?

Muito! Realmente muito e você nem sabe quanto.
Um sorriso pode curar uma dor...
Pode ser remédio na dor...
Pode aliviar um amor.

Um sorriso pode mudar o humor de alguém,
pode aquecer um dia de frio, pode aquietar um amor.
Um sorriso pode mudar seu dia, pode te dar esperança,
pode renovar teu espírito, pode confortar tua dor.

Um sorriso vale tanto quanto um amor!
Pode desarmar seu inimigo, pode disfarçar sua dor!
Pode dar vida ao imaginável e pode curar tua dor!
Pode ser bálsamo na vida de alguém e despertar um amor!

Porque sorrir é tão bom quanto amar...
Sorrir é se renovar, é das asas ao imaginável,
é voar em céu azul, é cativar amigos, é recomeçar em dias escuros.
Sorrir é ser feliz sem motivo, é guardar a dor no bolso e caminhar sem destino.
Então quanto vale um sorriso?

Priscilla Rodighiero

A liberdade não é um luxo
dos tempos de bonança;
é, sobretudo, o maior elemento de
estabilidade das instituições.

Ruy Barbosa de Oliveira
(1849-1923),
jurista, político, diplomata e escritor.

Por Fitz Gerald

Sentir primeiro, pensar depois
Perdoar primeiro, julgar depois
Amar primeiro, educar depois
Esquecer primeiro, aprender depois

Libertar primeiro, ensinar depois
Alimentar primeiro, cantar depois

Possuir primeiro, contemplar depois
Agir primeiro, julgar depois

Navegar primeiro, aportar depois
Viver primeiro, morrer depois

Mário Quintana

Em busca da perfeição

Todos nós gostaríamos de ser perfeitos em tudo que fazemos. Para o ser humano, esse sonho é impossível de ser realizado, pois a perfeição é uma condição ou estado do que não apresenta defeitos, nem falhas. Está no mais alto nível numa escala de valores.

Tem toda razão o poeta português Fernando Pessoa ao afirmar que todos nós adoramos a perfeição, porque não a podemos ter, mas a repugnaríamos se a tivéssemos. "O perfeito é desumano, porque o humano é imperfeito".

Seguindo esse mesmo pensamento, vem o nosso poeta Mário Quintana afirmando:

Por que prender a vida em conceitos e normas?
O belo e o feio... O bom e o mau... Dor e prazer...
Tudo, afinal, são formas
E não degraus do ser!

Há quem diga que a perfeição, em nossas andanças pela vida, poderá ser encontrada apenas no amor, nesse belo sentimento, que há milênios está vinculado à humanidade. Quem vive ou já viveu o amor, bem sabe que ele é calmo, tranquilo, seguro e envolvente. Só sobrevive se estiver perto da companhia do ser amado.

Para o pensador americano Leo Buscaglia, "o amor perfeito é realmente raro, pois para ser um amante é necessário que você tenha continuamente a sutileza de um sábio, a flexibilidade de uma criança, a sensibilidade de um artista, a compreensão de um filósofo, a aceitação de um santo, a tolerância de um estudioso e a força de um bravo".

Quando vou para minha casa de praia, aprecio ver, na vizinhança, plantado um canteiro de amor-perfeito. Confesso que sou um apaixonado pelas flores. Todas elas. Porém, o amor-perfeito, essa flor pequena, rasteira, com cerca de 6 cm de diâmetro, de cores diversas, merece destaque especial. Lá, na distante França, essa flor tem um significado especial, pois é trocada entre os enamorados para que o amor nunca caia no esquecimento. Assim, significa romantismo e amor duradouro. O ser humano tem muito a aprender com essa pequena flor, conhecida como amor-perfeito.

Mas será que a perfeição existe?

Todos nós, com muita facilidade, podemos concluir que neste imenso mundo em que vivemos ninguém é perfeito. O pintor Eugène Delacroix, famoso no seu mister, gostava de afirmar que "o artista que busca a perfeição em tudo, não a consegue em nada". Carol Guterres, uma advogada e escritora gaúcha, de maneira simples e objetiva, dá-nos um retrato fiel do ser humano, cheio de imperfeições, mas que no final procura, a seu modo, abraçar o próprio caminho:

Eu sou assim
Um pedacinho bom
Outro ruim.
Ninguém é perfeito
E comigo não seria diferente.
Cometo erros
e acertos.
Busco sempre melhorar
Mas não tolero essa história
de fazer as coisas só para agradar.
Sou o que sou
Sou quem sou
Não posso e nem quero
ser aquilo que os outros desejam.

Quero viver do meu jeito
Traçar meu próprio caminho
Quero no final de tudo
Poder dizer que vivi e fui feliz
Sorri e chorei...
Mas com as escolhas que eu fiz.

Será que a perfeição existe?

Para todos aqueles que na vida procuram encontrá-la, lembro apenas que ela é constituída de pequenos detalhes. Um depois do outro. Podemos, em nossas atividades, procurar alcançá-la, embora seja impossível, porém quanto mais perto dela chegarmos, melhor será. Se pedirem para sermos varredores de rua, trajarmos o uniforme de garis, vamos varrer as ruas como Pelé buscava seus gols ou como Sena dirigia sua McLaren. Eles esperavam ser os melhores em suas atividades. Era uma imensa alegria vê-los, no campo de futebol ou nas pistas de corrida. Chamavam nossa atenção.

Resumindo, volto ao ponto de que é apenas no amor que existem sinais de perfeição, como já dizia o apóstolo Paulo em sua epístola aos Colossenses (3:14). Ele afirmava que "é sobre tudo isso, revestindo-vos de amor, que é o vínculo da perfeição".

Na vida, em todos os momentos, em todos os detalhes, sempre procurando fazer o melhor que está ao nosso alcance, sem dúvida estamos agindo na busca da perfeição.

A melhor maneira que o homem dispõe para se aperfeiçoar é aproximar-se de Deus.
Pitágoras

Certa vez, perguntaram a Gandhi:
– O que você ganha orando regularmente?
Ele respondeu:
– Geralmente, não ganho nada, mas, sim, perco coisas.
E citou tudo o que perdeu orando a Deus regularmente:
Perdi o orgulho.
Perdi a arrogância.
Perdi a ganância.
Perdi a inveja.
Perdi a minha raiva.
Perdi o prazer de mentir.
Perdi a impaciência.
Perdi o desespero.
Perdi o desânimo.
Às vezes oramos, não para ganharmos algo, mas, sim, para perder coisas que não nos permitem crescer espiritualmente.
A oração educa, fortalece e cura.
A oração é o canal que nos conecta diretamente com Deus.

Desconhecido

Faça seu planejamento

P enso que aqueles que não planejam o que desejam alcançar acabam, sem dúvida alguma, não alcançando os seus objetivos.

Primeiro, antes de nos lançarmos a querer ser alguma coisa na vida, devemos dar uma parada para pensar, estabelecendo os métodos convenientes para lá chegarmos. Conheço muitos que se atiraram, sem nenhum planejamento, na doce expectativa de que tudo daria certo no final. E não é bem assim, pois lhes faltou esse pensar antecipado, lhes faltou preparação. Vejo que muitas coisas na vida dependem de planejamento, pois sem ele não vamos conseguir realizar os nossos sonhos.

Existem muitos exemplos de pessoas que souberam fazer um bom planejamento e foram bem-sucedidas na vida. Um deles é Jeff Bezos, fundador da Amazon. Estudou engenharia elétrica e ciência da computação na Universidade de Princeton. Em uma viagem que fez de Nova Iorque a Seattle, no ano de 1994, ele decidiu abrir sua própria empresa. Buscou uma marca forte, para não ser copiado no futuro por um concorrente. Escolheu Amazon, forma em inglês do Rio Amazonas. Jeff queria um nome que começasse com a letra "A" e que remetesse à grandiosidade, daí que veio a conexão do nome da empresa com o rio. Ele sabia que a Internet logo estaria presente em todos os mercados. Primeiro, abriu a livraria *on-line*, contando com mais de 200 mil títulos que podiam ser comprados pelo correio eletrônico. Hoje vende de tudo. O segredo de Bezos, na hora de criar a loja *on-line* mais importante do mundo, foi prever as necessidades dos clientes e se planejar para o futuro. Seu crescimento foi estupendo, com mais de um milhão e meio de funcionários, alto faturamento, tornando-a uma das maiores empresas de tecnologia do mundo.

Esse bem-sucedido empreendedor sabia, como poucos, traçar o seu planejamento para alcançar os seus objetivos.

Na vida, aqueles que pretendem também instalar seu negócio devem, antes de iniciá-lo, sentar, pensar e planejar. Listamos, a seguir, alguns pontos que devem ser considerados:

- Foco em evitar arrependimentos futuros.
- Mensurar resultados.
- Ser persistente, mas sem perder a flexibilidade.
- Ter espírito de missionário e não de mercenário.
- Pensamento no futuro.
- Equipes de 5 a 7 pessoas.
- Saber escolher as pessoas certas para a equipe.
- Valorização do tempo.
- Eliminação de riscos.

O mundo em que vivemos está em constante mudança, a ciência a cada dia se multiplica, novas e inesperadas situações são conquistadas, assim todos aqueles que vislumbram uma nova possibilidade têm tudo para ganhar o jogo.

Vemos no exemplo acima citado que, com planejamento, podem-se evitar dois desperdiçadores de tempo: o atraso e a falta de prioridades.

O sábio Salomão, na distante antiguidade, chama nossa atenção para a necessidade de planejamento financeiro. É indispensável para aqueles que querem viver em paz. Dizia ele: "Os planos bem elaborados levam à fartura; mas o apressado sempre acaba na miséria". (Prov. 21:5)

Paulo Freire também ensinava aos seus seguidores: "O planejamento, para ter significado e validade, precisa de uma ação participativa por parte do aluno". Para ele, inexiste docência sem discência. Quem ensina, aprende ao ensinar e, quem ensina, ao aprender.

Voltando às Escrituras, encontramos um versículo que nos diz que as oportunidades da vida estão a nossa disposição:

Bem sei que tudo podes, e que nenhum dos teus propósitos pode ser impedido.
(Jó 42:27)

Diante de tudo isso, espero que todos estejam convencidos de que o planejamento prevê condições de maior segurança e menor margem de erros.

É certo que na vida tudo tem que ser bem planejado.

Para Steve Jobs, "cada sonho que você deixa para trás é um pedaço de seu futuro que deixa de existir."

Vamos procurar realizar todos os nossos sonhos. Com planejamento, calma e sabedoria.

Se quiser derrubar uma árvore na metade do tempo, passe o dobro do tempo amolando o machado.
Provérbio chinês

Planeje, mas não se preocupe tanto com o planejamento do futuro a ponto de perder a sua tranquilidade no presente.
Tenha cuidado com a obsessão de querer alcançar um objetivo: Não tenha pressa, desfrute de cada detalhe do caminho.
Não alimente a crença de que a prosperidade mora apenas no futuro, distante.
Concentrar-se no momento presente pode diminuir a incessante busca por mais, tanto em nossa vida quanto em nosso trabalho.
Plantar as sementes certas hoje garante as oportunidades de amanhã.
Hoje, lançamos sementes ao solo, cujas portas do futuro se desvelarão, ainda que não seja pelas nossas mãos.
Contemple a possibilidade de um encanto em sua trajetória, ainda que o cenário circundante teime em negar tal sorte.
Divino é o poder de transformar a terra árida em fonte d'água, e do deserto fazer brotar a provisão. Esse é um poder absoluto de DEUS.
ELE, em sua grandiosidade, não depende de palcos majestosos ou circunstâncias propícias para tecer feitos inacreditáveis.
Aumente a sua fé, e opte por Deus como condutor em sua trajetória.

Joana Rodrigues

A beleza da alma

Todos nós admiramos e gostamos de ver o que é belo, pois toda a beleza nos seduz e agrada nossos olhos.

Sigmund Freud, famosa personalidade do século XX, considerado o Pai da Psicanálise, discorrendo sobre a beleza física, dizia que "não tem uma utilidade óbvia, nem existe uma clara necessidade cultural para ela. No entanto, a civilização não poderia passar sem ela. Essa coisa inútil que nós esperamos que a civilização valorize é a beleza. Exigimos que o homem civilizado reverencie a beleza onde quer que a veja e a crie em objetos artesanais, na medida de sua habilidade. A beleza, junto com a limpeza e a ordem ocupam obviamente uma posição especial entre os requisitos da civilização.

Ainda na semana passada conversava com uma mulher, vendo sua satisfação com a beleza da filha. Estava muito orgulhosa, inclusive comentou que colegas da escola estavam mandando flores para seu apartamento, e que sua filha inclusive já participara de concursos de beleza.

A fotógrafa romena Mihaela Noroc realizou o projeto *O Atlas da Beleza*, procurando retratar mulheres bonitas do mundo inteiro. Ela escolheu essas mulheres de acordo com os padrões de beleza de cada país. Após visitar centenas de países, ela constatou que a beleza é diferente em cada canto do planeta.

Com muita sabedoria, essa fotógrafa tirou suas conclusões, dizendo que não é uma questão de cosméticos, dinheiro, raça ou *status* social, mas sobre ser você mesma. "As tendências globais nos fazem ser e agir de forma parecida, mas todas somos belas porque somos diferentes. A juventude, a magreza e a riqueza podem fazer com que alguém pareça desejável. Mas, se não houver beleza da alma sob tudo isso, o brilho logo se apaga. Por isso vale a pena dedicar um tempo todos os dias a um tratamento da beleza interior. Somado a tudo isso, sem dúvida o melhor produto de beleza que existe é o amor a si mesma."

Se um Sorriso
No rosto é Belo
Imagine a Beleza
Do Sorriso da Alma.
   (Deolinda Grilo)

É fácil concluir que a verdadeira beleza da criatura humana não está na sua aparência, mas nas qualidades que ela demonstra.

Conceição Maciel, alinhavando algumas linhas, procura demonstrar que:

A beleza mesmo
Está dentro das pessoas
A beleza está nos olhos
Não está na mente deturpada
Nem no olhar distorcido
Nem na exigência da sociedade
Muito menos no preconceito
Na cobrança
Nem nos velhos preceitos
A beleza, beleza mesmo
Está dentro das pessoas
Está nos gestos
Num sorriso
Num olhar
Num cantar
Não existe perfeição
Existe o amor

Afeição e paixão
Os sentimentos bonitos
Tornam as pessoas padrão
Padrão de amizades
Padrão de afeto
Padrão de alegria.

A conclusão a que podemos chegar é de que, na realidade, o amor é a beleza da alma. Deixe ele crescer dentro de você, para com seus semelhantes, e verificará que a beleza da alma também cresce.

Para Bernard Fontenelle, "a beleza de espírito causa admiração; a da alma, estima; e a do corpo, amor".

Vimos, assim, que a beleza física é efêmera e passageira, enquanto a outra – a beleza da alma – é imortal e duradoura.

A nossa missão é fazer a beleza da alma resplandecer quando a beleza do corpo envelhecer.
Juahrez Alves

Amo as pessoas com beleza
de alma e de coração.
Que vivem pela emoção,
mas nos fazem ver a razão
e nos fazem acreditar
que tudo é possível
mesmo em meio à escuridão.
Elas nos mostram a luz
e o amor se faz leve,
feito brisa de mar,
que vem nos acarinhar
para podermos continuar nossa missão
mesmo na escuridão.
Elas nos levam à paz mesmo
sem saber.
E nos fazem na vida crer
que tudo podemos ser.

Irma Jardim

A eterna juventude

Tenho para mim que a mocidade é a melhor época da vida. As Nações Unidas definem *jovens* como sendo aqueles com idade entre 15 e 24 anos.

Já vai longe o tempo em que vivi essa fase em minha vida. Lembro-me dela muito bem, pois vivia na capital paranaense, estudando e trabalhando, cheio de planos e cheio de sonhos. Graças à bondade divina, não todos, mas a maior parte deles consegui realizar. Alimento muita saudade desses bons tempos. Embora ali vivendo o presente, apreciava sonhar com o futuro. O tempo passa ligeiro, e esse bom período da vida já é passado.

Wallace Barbosa, um escritor carioca, comenta sobre a juventude e seus encantos, concluindo que:

> *Ser jovem é ver a vida em sua amplitude mais bela, aproveitar cada momento com alegria e leveza, sonhar, sorrir e viver! Cada dia que passa, aprendemos mais com os jovens, estes há muito tempo deixaram de ser o futuro e se tornaram o presente da vida.*

"Vocês são a esperança para um mundo diferente." Essas são palavras do Papa Francisco no encerramento da Jornada Mundial da Juventude, ocorrida na cidade de Lisboa. Com seus 86 anos, deslocando-se em cadeira de rodas, com o auxílio de uma bengala devido ao seu estado de saúde cada vez mais frágil, numa área próxima ao Rio Tejo, o pontífice argentino, diante de uma enorme multidão, estimulou a juventude a "abrir as portas da gaiola e sair a voar. Por favor, não vos aposenteis antes do tempo". Prossegue: "Não confundais a felicidade com um sofá nem passeis toda a vossa vida diante dum visor. E tampouco vos reduzais ao triste espetáculo dum veículo abandonado. Não sejais carros estacionados, mas deixai brotar os sonhos e tomai decisões. Ainda que vos enganeis, arriscai. Não sobrevivais com a alma anestesiada, nem olheis o mundo como se fôsseis turistas. Fazei-vos ouvir! Lançai fora os medos que vos paralisam, para não vos tornardes jovens mumificados. Vivei! Entregai-vos ao melhor da vida!"

Na verdade, o ser humano deve procurar viver com toda a intensidade as fases da vida: infância, adolescência, juventude e velhice. Ninguém vai conseguir viver numa eterna juventude. Essa maravilhosa fase, como as outras, passa, e passa ligeiro. Admiro todos aqueles que conseguem, embora acumulem muitos anos de vida, ter um espírito jovem, cheio de otimismo e enorme disposição de ainda realizar, seguindo sempre a recomendação de São Francisco de Assis: "comece fazendo o que é necessário e depois o que é possível; em breve estará fazendo o impossível".

O intervalo de tempo entre a juventude e a velhice é mais breve do que se imagina. Quem não tem prazer de penetrar no mundo dos idosos não é digno da sua juventude.
Augusto Cury

As loucuras do amor

O amor é um sentimento muito forte, capaz de levar os amantes, no desejo de demonstrá-lo, a praticar atos extravagantes, acompanhado de uma dose de loucura.

Um apaixonado fez a seguinte declaração:

Não existem palavras neste mundo para explicar o amor que sinto por você. É por isso que eu tenho de provar todos os dias com as minhas ações.

Busquei na memória relembrar alguma loucura de amor que tenha praticado em minha juventude, para chamar a atenção daquela a quem pretendia conquistar. Não me lembrei de nenhuma.

E você, caro leitor, tem lembrança de ter feito alguma loucura por amor?

Concordo que na vida tudo que se faz com amor é muito bom. Muitos procuram deixar marcada, para ser inesquecível, algumas manifestações do seu amor. Sempre encontramos frases amorosas ou palavras carinhosas escritas nos carros, nas pedras, nos muros e em outros lugares.

Certo russo bolou uma situação mais dramática. Contratou uma equipe de filmagem para encenar um acidente de carro, no qual acabava morto. Ao tomar conhecimento, sua namorada foi até o local, onde encontrou a cena. Vendo-se desesperada e percebendo que conseguira sucesso na loucura que planejara, ele se levantou-se do chão e a pediu em casamento.

Alguns namorados gostam de tatuar o nome do parceiro em alguma parte do corpo, para eternizar o sentimento de um pelo outro, como dizem. Soube de um apaixonado que tatuou o início de uma frase da música que marcou o início do seu relacionamento, enquanto sua namorada tatuou o final da frase, para que, quando estivessem juntos, a frase estivesse completa.

Em uma cidade do interior, um rapaz apaixonado levou o fora de sua namorada. Ficou inconformado e decidiu fazer uma loucura para que ela tomasse conhecimento e reatasse o romance. Primeiro, mandou fazer uma faixa e a fixou na praça da cidade. Depois, contratou um carro de som, que em alto volume percorria as ruas, manifestando seu amor e pedindo para reatar o relacionamento, mas essa loucura de nada adiantou. Ele apenas gastou seu dinheiro, mas não conseguiu reatar com sua amada.

Quando se está apaixonado, é normal querer provar o quanto ela é importante. Essa prova pode ser manifestada de várias maneiras, até mesmo bem simples, sem que ocorra a necessidade de praticar exageros.

O poeta português Fernando Pessoa recomendava:

Para ser grande, sê inteiro:
Nada teu exagera ou exclui.
Sê todo em cada coisa.
Põe quanto és.
No mínimo que fazes.
Assim, em cada lago a lua toda brilha,
Porque alta vive.

É válido provocar alguma surpresa que venha agradar quem amamos. Mesmo que não seja alguma loucura inacreditável. Afinal, existem muitas outras surpresas agradáveis que contribuem para que o relacionamento dos apaixonados fique ainda mais intenso e gostoso.

O verdadeiro amor nunca se desgasta. Quanto mais se dá, mais se tem.
   Antoine de Saint-Exupéry

Só quem ama pode ter ouvido
capaz de ouvir e entender estrelas.

OLAVO BILAC
(1865-1918),
um autêntico poeta brasileiro,
um dos fundadores da Academia Brasileira de Letras e
autor da letra do Hino à Bandeira do Brasil.

O QUE DESTRÓI A HUMANIDADE?

Política sem princípios
Prazer sem compromisso
Riqueza sem trabalho
Sabedoria sem caráter
Negócios sem moral
Ciência sem humanidade
Oração sem caridade.

Mahatma Gandhi

Tudo por dinheiro

Durante a Segunda Guerra Mundial, Winston Churchill se destacou como a figura política mais importante de todo o Reino Unido. Foi duas vezes primeiro-ministro e comandou o seu país na resistência contra os nazistas. Suas palavras tornaram-se famosas:

> *Lutaremos nas praias, lutaremos nos terrenos de desembarque, lutaremos nos campos e nas ruas, lutaremos nas colinas; nunca nos renderemos, e se, o que eu não acredito nem por um momento, esta ilha, ou uma grande porção dela fosse subjugada e passasse fome, então nosso Império de além-mar, armado e guardado pela Frota Britânica, prosseguiria com a luta, até que, na boa hora de Deus, o Novo Mundo, com toda a sua força e poder, daria um passo em frente para o resgate e libertação do Velho.*

Contam que certo dia ele embarcou em um táxi para dar uma entrevista na BBC, em Londres. Ao descer, pediu ao taxista que esperasse alguns minutos. O motorista, que não o tinha reconhecido, respondeu-lhe com entusiasmo: "Não posso esperar, senhor, porque tenho que ir para casa ouvir o discurso que Churchill vai fazer na rádio". Após o momentâneo orgulho inicial, Churchill aplicou o teste de fogo: silenciosamente, sacou da carteira uma nota de dez libras e deu-lhe como gratificação. Ao ver a pequena fortuna oferecida, o taxista respondeu: "Vou esperar o tempo que for, senhor, e que Churchill vá para o inferno!" O lendário primeiro-ministro inglês refletiria assim ao recordar o episódio: "Os princípios foram modificados pelo dinheiro. Nações vendidas pelo dinheiro, honra vendida pelo dinheiro. Irmãos se vendem por dinheiro e até almas se vendem por dinheiro... Quem deu tanto poder ao dinheiro, que fez dos homens seus escravos? Por que não percebemos que o amor ao dinheiro está acabando com a dignidade do homem?"

Alguém teve o cuidado de elencar a força do dinheiro e seu alto poder de compra:

O dinheiro pode comprar uma casa, mas não um lar.
O dinheiro pode comprar uma cama, mas não o sono.
O dinheiro pode comprar um relógio, mas não o tempo.
O dinheiro pode comprar um livro, mas não o conhecimento.
O dinheiro pode comprar status, *mas não o respeito.*
O dinheiro pode comprar um médico, mas não a saúde.
O dinheiro pode comprar o sangue, mas não a vida.
(Desconhecido)

A história nos relata que no início da civilização, todo o comércio era realizado na base da troca. Trocava-se tudo! Foi apenas no século VII que surgiram as primeiras moedas, feitas de prata e ouro. E hoje, pelo mundo todo adotou-se essa prática, com a circulação de moedas na realização de todos os negócios. No Brasil hoje circulam mais de 350 bilhões de reais, sendo 7,6 bilhões em cédulas e 28,6 bilhões em moedas.

Muitos têm uma ambição desenfreada de ganhar e acumular riquezas. O indiano Mahatma Gandhi ensinava que "o dinheiro faz homens ricos, o conhecimento faz homens sábios e a humildade faz grandes homens".

O que será melhor: ser rico, ser sábio ou ser um grande homem? A escolha é nossa!

É grande quem sabe ser pobre na riqueza.
Sêneca

Ter dinheiro suficiente

Ganhar dinheiro de forma honesta é justo, embora conheça alguns que vivem apenas para acumular riquezas. Quanto mais ganham, mais querem ampliar os seus rendimentos e bens materiais. Essa busca pelo dinheiro, para suprir nossas necessidades e assegurar uma boa aposentadoria vem desde cedo. Tenho um neto de apenas oito anos e fico impressionado com suas ideias para ganhar dinheiro.

No livro *A Psicologia Financeira*, de Morgan Housel, ele relata que quando nasceu seu filho ele decidiu escrever uma carta para a criança dizendo:

> *Você poderá querer um dia um carro luxuoso, um relógio caro ou uma casa enorme. Mas te afirmo que não será isso que na realidade desejarás. O que você vai querer será respeito e admiração das outras pessoas. E não se obtém isso através da posse de coisas caras. Especialmente daquelas pessoas que você realmente vai querer que o respeitem e o admirem.*

A carta foi guardada e lhe entregaram quando ele aprendeu a ler. Tomou conhecimento desses conselhos paternos desde cedo.

Grande é o volume de dinheiro em circulação no mundo. O que está em conta-corrente, poupança e depósitos atinge a US$ 118,2 trilhões, sendo assim fácil de resgatar.

Surgiu não faz muito o *pix*, idealizado pelo Banco Central do Brasil, como um novo sistema de pagamentos, e que caiu no gosto dos brasileiros.

Em todo o mundo, muitos buscam acumular riqueza. Se o fizerem de forma honesta, ninguém pode ser contra. Bom seria se todos conhecessem o provérbio chinês que diz:

Dinheiro perdido, nada perdido;
Saúde perdida, muito perdido;
Caráter perdido, tudo perdido.

Perguntaram a Dalai Lama o que mais o surpreendia na humanidade, e o tibetano de pronto respondeu: "Os homens". E ele prosseguiu, a fim de explicar melhor: "Porque perdem a saúde para juntar dinheiro, depois perdem dinheiro para recuperar a saúde. E por pensarem ansiosamente no futuro, esquecem do presente de tal forma que acabam por não viver nem o presente nem o futuro. E vivem como se nunca fossem morrer; e morrem como se nunca tivessem vivido."

Há quase cinco décadas presto serviço no setor público, e ao longo desse período fui surpreendido, muitas vezes, por homens sequiosos de ganhar dinheiro de forma desonesta. Nessa área aprendi que o poder tem nome e sobrenome: dinheiro. Tudo por dinheiro!

A escritora Ellen G. White escreveu que "a maior necessidade do mundo é a de homens – homens que se não comprem nem se vendam; homens que no íntimo da alma sejam verdadeiros e honestos; homens que não temam chamar o pecado pelo seu nome exato; homens cuja consciência seja tão fiel ao dever como a bússola o é ao polo; homens que permaneçam firmes pelo que é reto, ainda que caiam os céus".

Na verdade, sempre surge alguém desprendido e que não tem esse enorme amor pelo dinheiro. Sabem ganhá-lo, acumulam riqueza e acabam abrindo mão de seu enorme patrimônio em prol de entidades que levam ajuda ao próximo. Charles Feeney, fundador da Duty Free, foi um bilionário que acumulou US$ 8 bilhões, porém decidiu reservar um pequeno valor para sua própria manutenção e doar sua enorme fortuna. Nos últimos anos andava de metrô e táxi e vivia em um apartamento alugado em San Francisco. Feeney fez fortuna com *free shops* e tecnologia, mas não era um excêntrico velhinho de 92 anos. Em 1986, depois de comprar sete palácios, de Nova Iorque à Riviera Francesa, ele decidiu em sã consciência doar seu patrimônio em vida, reservando para si US$ 2 milhões, uma quantia que considerava suficiente para viver bem.

O gerontologista americano Karl Pillemer entrevistou mil pessoas de idade bem avançada, perguntando quais foram as lições mais importantes aprendidas ao longo da vida. Obteve diferentes respostas, mas percebi que:

- ninguém disse que para ser feliz é importante ter tanto dinheiro quanto as pessoas a sua volta;
- ninguém disse que você deve escolher seu trabalho baseado no desejo futuro de ganhar mais dinheiro.

Todas as pessoas entrevistadas tinham um objetivo maior na vida. Nada melhor do que a possibilidade de fazermos o que quisermos, quando quisermos, com quem quisermos e por quanto tempo quisermos. Sem aquela preocupação de acumular riqueza. Esses requisitos são os maiores dividendos que o dinheiro pode pagar.

Essas pessoas sabiam, segundo Augusto Cury, que "o dinheiro pode nos dar conforto e segurança, mas ele não compra uma vida feliz. O dinheiro compra a cama, mas não o descanso. Compra bajuladores, mas não amigos. Compra presentes para uma mulher, mas não o seu amor. Compra o bilhete da festa, mas não a alegria. Paga a mensalidade da escola, mas não produz a arte de pensar. Você precisa conquistar aquilo que o dinheiro não compra. Caso contrário, será um miserável, ainda que seja um milionário."

Conta-se que dois amigos conversavam, numa festa, sobre a fortuna bilionária do anfitrião: "É incrível como ele está cada vez mais rico" – disse um dos homens, ao que o outro respondeu: "É verdade, mas eu tenho algo que ele nunca terá... o suficiente!"

Gosto muito da frase do investidor Charlie Munger, prestes a completar cem anos de idade: "A melhor maneira de alcançar a felicidade é não desejar demais".

Vamos meditar. Cada um deve analisar o que o dinheiro representa em sua vida, para que possa alcançar a verdadeira felicidade. Tenho visto que muitos são felizes com o suficiente que alcançaram!

Nada é suficiente para quem o suficiente é pouco.
  Epicuro

Devagar se vai ao longe

Lá na Grécia Antiga, por volta do ano 620 a.C., nasceu Esopo, que escreveu 40 fábulas conhecidas, considerado o maior e mais famoso representante desse gênero literário.

Fábula é uma história curta, que usa animais como personagens, todos eles com características humanas, que conversam entre si. Outro aspecto interessante é que todas elas terminam com a Moral da História, levando-nos sempre a refletir sobre a lição que ela encerra.

Tive a oportunidade de ler o trabalho desse fabulista grego, que, embora escrito na velha antiguidade, atravessou séculos, chegando aos nossos dias.

Vejamos apenas uma delas, "A lebre e a tartaruga", que é uma típica fábula: não se sabe quando o evento se passou, nem onde, e os personagens centrais são animais com características humanas – têm sentimentos, falam, possuem consciência.

– Tenho pena de você –, disse uma vez a lebre à tartaruga: – obrigada a andar com a tua casa às costas, não podes passear, correr, brincar, e livrar-te de teus inimigos.

– Guarda para ti a tua compaixão – disse a tartaruga. – Pesada como sou, e tu ligeira como te gabas de ser, apostemos que eu chego primeiro do que tu a qualquer meta que nos proponhamos a alcançar.

– Trato feito – disse a lebre: só pela graça, aceito a aposta.

Ajustada a meta, pôs-se a tartaruga a caminho; a lebre, que a via, pesada, ir remando em seco, ria-se como uma perdida; e pôs-se a saltar, a divertir-se; e a tartaruga ia-se adiantando.

– Olá! camarada, disse-lhe a lebre, não te canses assim! Que galope é esse? Olha que eu vou dormir um pouquinho.

E se bem o disse, melhor o fez; para escarnecer da tartaruga, deitou-se e fingiu dormir, dizendo: Sempre hei de chegar a tempo. De súbito olha; já era tarde; a tartaruga estava na meta, e, vencedora, lhe retribuía os seus deboches:

– Que vergonha! Uma tartaruga venceu em ligeireza a uma lebre!

MORAL DA HISTÓRIA: Mais vale um trabalho persistente do que os dotes naturais mal aproveitados. Devagar se vai ao longe!

Esopo ainda afirmou que ninguém é tão grande que não possa aprender, nem tão pequeno que não possa ensinar.

Na vida, muitos têm que aprender essa bela lição, que em momento nenhum podemos menosprezar as habilidades do próximo. Todos têm que ser respeitados, caso contrário podemos sair perdedores dos embates da vida.

Devagar se vai ao longe!

O escritor argentino Jorge Luiz Borges tece alguns comentários sobre o "se":

Se eu pudesse repetir minha vida, cometeria mais erros, correria mais riscos, subiria mais montanhas, atravessaria mais rios e veria mais vezes o pôr do sol.

Sempre tendo em mente que devagar se vai ao longe!

Não importa que você vá devagar, contanto que você não pare.
Confúcio

Por um pouco mais

Na vida, todos nós sempre ambicionamos alcançar algo mais. É muito difícil encontrarmos alguém que se contente apenas com aquilo que tem. L. Xavier escreveu: "E eu deixo um conselho para quem quiser. Não demore muito para perceber que é preciso pouco para ser feliz e que essa felicidade está em um modo simples de SER e VIVER.

Esse "um pouco mais" tem tirado a paz e a tranquilidade de muita gente. Diria que, tendo o suficiente para bem viver, é desaconselhável atirar-se na busca insana de algo mais, que está sujeito a nem ser conquistado. Alguém escreveu uma fábula que foi chamada de Clube 99 e que, ao lermos, vai nos ajudar a compreendermos muito bem essa situação:

Era uma vez um rei muito rico. Tinha tudo, dinheiro, poder, conforto, centenas de súditos, mas, ainda assim, não era feliz. Um dia ele cruzou com um de seus criados que assobiava alegremente enquanto esfregava o chão com uma vassoura. E ficou intrigado. Como ele, um soberano supremo do reino, poderia andar tão cabisbaixo enquanto um humilde servente parecia desfrutar de tanto prazer?

— Por que você está tão feliz?, perguntou-lhe o rei.

— Majestade, sou apenas um serviçal. Não necessito muito. Tenho um teto para abrigar minha família e uma comida quente para aquecer nossas barrigas.

Insatisfeito com uma resposta tão simplista, o rei mandou chamar um de seus conselheiros, aquele em quem mais confiava.

– Majestade, creio que o servente não faça parte do Clube 99.
– Clube 99, que é isso?
– Majestade, para compreender o que é o Clube 99, ordene que seja deixado um saco com 99 moedas de ouro na porta da casa do servente.
– Por que 99? – perguntou o rei.
– O senhor logo saberá, Majestade.

E assim foi feito. Quando o pobre criado encontrou o saco de moedas na sua porta, ficou radiante. Não podia acreditar em tamanha sorte. Nem em sonhos tinha visto tanto dinheiro. Esparramou as moedas na mesa e começou a contá-las: ...96, 97, 98... 99.

Achou estranho ter 99. Provavelmente eram 100. Contou de novo e, de fato, eram 99. Achou que talvez tivesse derrubado uma e começou a procurar, mas, por mais que procurasse, não encontrou nada. Eram 99 mesmo. De repente, por algum motivo, aquela moeda que faltava ganhou uma súbita importância. Com apenas mais uma moeda de ouro, só mais uma, ele completaria 100. Um número redondo, bonito, de 3 dígitos! Ele precisava de mais uma moeda para se sentir satisfeito e ficou tão obcecado por isso que decidiu que faria o que fosse preciso para conseguir mais uma moeda, trabalharia dia e noite se fosse preciso. Ele seria feliz de verdade a hora em que pudesse ver à sua frente exatas 100 moedas de ouro.

E, daquele dia em diante, a vida do servente mudou. Passava o tempo todo pensando em como ganhar uma moeda de ouro. Estava sempre cansado e resmungando pelos cantos. Tinha pouca paciência com a família, que não entendia o que era preciso para conseguir a centésima moeda de ouro. Parou de assobiar enquanto varria o chão.

O rei, percebendo essa mudança súbita de comportamento, chamou novamente o seu conselheiro.

– Majestade, agora o servente faz, oficialmente, parte do Clube 99 – e continuou: – o Clube 99 é formado por pessoas que têm o suficiente para serem felizes, mas mesmo assim não estão satisfeitas. Estão constantemente correndo atrás dessa moeda que lhes falta. Vivem repetindo que se tiverem apenas essa última e pequena coisa *que lhes falta, aí sim poderão ser felizes de verdade. Na realidade, é preciso muito pouco para ser feliz, porém, no momento em que colocamos a nossa atenção naquilo que falta ao invés de colocá-la naquilo que temos, imediatamente surge uma insatisfação na vida. Passamos a acreditar que com um pouco mais haveria, de fato, uma grande mudança em nosso coração. E ficamos em busca de um pouco mais, só um pouco mais. Perdemos o sono, nossa alegria, nossa paz e machucamos as pessoas que estão a nossa volta.*

– Um pouco mais, sempre vira um pouco mais, perpetuando a nossa insatisfação. Esse "um pouco mais" é o alto preço do nosso desejo e satisfação. Isso, Majestade, é o Clube 99.

Os milionários quiseram comprar a felicidade com seu dinheiro, os políticos quiseram conquistá-la com seu poder, as celebridades quiseram seduzi-la com sua fama. Mas ela não se deixou achar. Balbuciando aos ouvidos de todos, disse: "Eu me escondo nas coisas mais simples e anônimas..."

Augusto Cury

Eu aprendi...
...que dinheiro não compra "classe".

Eu aprendi...
...que ser gentil é mais importante do que estar certo.

Eu aprendi...
...que eu sempre posso fazer uma prece por alguém quando não tenho a força para ajudá-lo de alguma outra forma.

Eu aprendi...
...que algumas vezes tudo o que precisamos é de uma mão para segurar e um coração para nos entender.

Eu aprendi...
...que deveríamos ser gratos a Deus por não nos dar tudo que lhe pedimos.

Eu aprendi...
...que Deus não fez tudo num só dia; o que me faz pensar que eu possa?

Eu aprendi...
...que ignorar os fatos não os altera.

Eu aprendi...
...que cada pessoa que a gente conhece deve ser saudada com um sorriso.

Eu aprendi...
...que a vida é dura, mas eu sou mais ainda.

Eu aprendi...
...que devemos sempre ter palavras doces e gentis, pois amanhã talvez tenhamos que engoli-las.

Eu aprendi...
...que um sorriso é a maneira mais barata de melhorar sua aparência.

Eu aprendi...
...que quanto menos tempo tenho, mais coisas consigo fazer.

H. Jackson Brown Jr.

Aprender é a única coisa de que a mente nunca se cansa, nunca tem medo e nunca se arrepende.

LEONARDO DA VINCI
(1452-1519);
além de inúmeras outras atividades, foi um notável pintor italiano. Mona Lisa foi uma das obras que o consagrou.

Algumas das frases mais famosas de Leonardo da Vinci:

- "O prazer mais nobre é o júbilo de compreender".
- "Os gênios começam grandes obras, os trabalhadores acabam-nas."
- "A ignorância cega confunde-nos. Ó, miseráveis mortais, abram os olhos!"
- "Tal como o ferro oxida com a falta de uso, também a inatividade destrói o intelecto."
- "Aquele que não castiga a maldade, dá ordens para que se faça."
- "A beleza perece na vida, mas é imortal na arte."
- "A pintura é poesia muda, a poesia é pintura cega."
- "A sabedoria é filha da experiência."
- "Quem sabe realmente do que fala, não encontra razões para levantar a voz."
- "Quem pensa pouco, erra muito."

Do suor do teu rosto

Logo no início deste texto, quando pretendemos nele nos deter, nada melhor do que ouvirmos Steve Jobs em sua sábia abordagem: "Seu trabalho vai preencher uma parte grande da sua vida, e a única maneira de ficar realmente satisfeito é fazer o que você acredita ser um ótimo trabalho. E a única maneira de fazer um excelente trabalho é amar o que você faz."

Isso, para mim, é muito importante, pois, ao longo do texto que desejo desenvolver, procurarei demonstrar que devemos buscar para nossa atividade diária algo que gere alegria e prazer.

Certamente na vida é de extrema importância, em seu devido momento, cada um escolher qual a profissão que pretende exercer. É mais de um terço de nossa vida que dedicamos ao trabalho. Conheço várias pessoas que escolheram mal. Até mesmo minha filha mais nova decidiu fazer Arquitetura, e ainda na faculdade foi trabalhar em um escritório como estagiária. Percebeu, então, que não era o que queria e resolveu trocar para o Direito. Vejo que nessa profissão ela se realizou.

Sábias são as palavras de Confúcio, quando na distante antiguidade aconselhava: "Escolha um trabalho que você ame e não terá que trabalhar um único dia em sua vida".

Confesso que até gosto de relembrar a minha indecisão, ainda na juventude, de escolher que profissão pretendia exercer. Em um primeiro momento cheguei a pensar na medicina, porém prestei vários vestibulares, e o primeiro deles foi para Educação Física. Depois optei pelo curso de Letras e, por fim, optei pelas leis. Fiz Direito, a profissão que abracei e gosto de exercer. Como é bom pegar um processo judicial, ver todo o seu andamento e o que cabe fazer em busca da melhor solução! Existe uma enorme gama de recursos e, se soubermos bem utilizá-los, podemos ajudar muito o cliente na busca da melhor solução.

Escolha, portanto, uma atividade que vai lhe agradar no decorrer dos anos. Nunca abrace uma profissão com a qual você não se identifique.

Todo trabalho deve ser transformado em prazer. Ainda hoje pela manhã, ao abrir o jornal, encontrei ali uma confissão da famosa cantora baiana Ivete Sangalo, que diz que, quando sobe no palco, "não é profissão, é prazer".

A esta altura, podemos trazer a manifestação de muitos que foram bem-sucedidos na sua disposição de trabalhar para alcançar os seus objetivos:

Somos do tamanho que nos permitimos ser... Sonhe, trabalhe, lute, insista... Permita-se...
(Gilberto Vieira)

Vamos inventar o amanhã e parar de nos preocuparmos com o passado.
(Steve Jobs)

Aguarde a hora certa, o momento oportuno. Lute e trabalhe continuamente sem desanimar, até seu momento acontecer, pois ele virá! Na verdade, chegará mais cedo do que o esperado!
(Bispo Rodovalho)

A persistência é o caminho do êxito.
(Charles Chaplin)

Suba o primeiro degrau com fé. Não é necessário que você suba toda a escada. Apenas dê o primeiro passo.
(Martin Luther King Jr.)

A maioria das grandes descobertas foram resultado de 99% de trabalho e só 1% de genialidade.
(Thomas Edison)

O sucesso nasce do querer, da determinação e persistência em se chegar a um objetivo.
   (José de Alencar)

Vamos completar o título desse texto:
"Do suor do teu rosto comerás o teu pão, até que te tornes à terra, porque dela foste tomado; porquanto és pó e em pó te tornarás." (Gen. 3:19) Diante dessa colocação é muito fácil deduzirmos que todos somos estimulados a arregaçar as mangas e partir para o trabalho, para que com o nosso esforço ganhemos os meios necessários para a sobrevivência.

Que bela recomendação: "Do suor do teu rosto, comerás o teu pão". Não do suor dos outros, como alguns parasitas desejam.

O prazer no trabalho aperfeiçoa a obra.
   Aristóteles

PLANO DE TRABALHO PARA A VIDA TODA!

1. Faça o que é certo, não o que é fácil.
   O nome disso é Ética.
2. Para realizar coisas grandes, comece pequeno.
   O nome disso é Planejamento.
3. Aprenda a dizer *não*.
   O nome disso é Foco.
4. Parou de ventar? Comece a remar.
   O nome disso é Garra.
5. Não tenha medo de errar, nem de rir dos seus erros.
   O nome disso é Criatividade.
6. Sua melhor desculpa não pode ser mais forte que seu desejo. O nome disso é Vontade.
7. Não basta iniciativa. Também é preciso ter *acabativa*.
   O nome disso é Efetividade.
8. Se você acha que o tempo voa, trate de ser o piloto.
   O nome disso é Produtividade.
9. Desafie-se um pouco mais a cada dia.
   O nome disso é Superação.
10. Pra todo *game over*, existe um *play again*.
    O nome disso é Vida.

Eduardo Zugaib

Os ponteiros do relógio

Passa tempo, tic-tac
Tic-tac, passa hora
chega logo, tic-tac
Tic-tac, vai-te embora
 (Vinicius de Moraes)

Em minha casa de praia, tenho há anos um relógio de parede com ponteiros, colocado próximo da churrasqueira. Parou, após decorridos alguns anos. É de um modelo antigo, apenas decorativo, e os ponteiros pararam marcando quatro horas. Vejo nisso um detalhe especial. Seriam quatro da madrugada ou quatro da tarde? Algumas vezes nesse horário vespertino passei a indagar se o relógio estava trabalhando, mas vejo que não. Olhando o relógio, fico a pensar que ele, nas 24 horas do dia, por duas vezes está marcando a hora certa.

Tenho um genro que, mesmo no tempo em que não existia o celular, não usava relógio. Acostumou-se de tal forma que, surpreendentemente, sempre sabe as horas. Até penso que seja vendo a posição do sol ou a sombra, ou pelo simples passar do tempo, pois a realidade é que, como poucos, tem excelente percepção da medição do tempo.

Fico impressionado, quando desejo saber a hora, que temos relógios digitais por todos os lados, e todos marcam o horário com enorme precisão. Lembro que, no passado não muito distante, isso não existia. Havia, na realidade, pequenas diferenças entre os relógios, mas hoje todos marcam as horas e minutos, de forma praticamente igual, ao mesmo tempo.

Aqueles que conhecem um pouco os textos bíblicos bem sabem que o tempo de Deus não é o nosso tempo. O Criador tem um tempo certo para cada propósito debaixo do céu.

Na cidade de Londres fui visitar o Big Ben, um símbolo da cidade, que atrai a atenção dos turistas. Trata-se de um grande relógio, com ponteiros, conhecido pela sua pontualidade. Para os britânicos, o Big Ben marca o horário oficial. De hora em hora, um grande sino toca desde o ano de 1859. Pesa 13,7 toneladas e mede 2,28m de altura, por 2,75m de largura. Existem ali nessa torre outros sinos menores, que tocam a cada 15 minutos.

Quando retorno à casa da praia e revejo aquele velho relógio na parede, ciente de que aqueles ponteiros marcam corretamente o horário por duas vezes no dia, percebo que nem tudo está perdido.

Na vida, podem ocorrer situações semelhantes. Muitas vezes o relógio da vida não trabalha normalmente, pode atrasar ou até mesmo adiantar. Mas nunca podemos desistir! Nem tudo está perdido.

Lendo o texto "Minuto na Palma da Mão", percebi que um pensador, em suas colocações, afirma que estar a 100% a todo tempo é como uma miragem no deserto da frustração. Aprecie suas conquistas e descanse sua mente. Jamais será em vão!

Não há como retornar ao que já não existe, nem como adiantar o relógio para se chegar rapidamente ao que ainda não é.
Ana Jácomo

A ciência se multiplicará

Nesses últimos 100 anos, temos vivido espetaculares avanços da ciência, em muitas frentes, tanto na terra, quanto no mar e no céu. Esse avanço, como todos nós percebemos com facilidade, vem trazendo mudanças significativas para a sociedade, seja em casa ou no trabalho. Esse desenvolvimento impacta a vida de todos. Vemos a capacidade do homem de transformar a natureza.

Vou relatar algumas descobertas que tenho vivido e que me impressionam. Precisando reduzir o tamanho da próstata, a cirurgia foi com raio *laser*, que são feixes de luz concentrada, que geram calor. Conheci um pequeno aparelho que sintoniza todas as estações de TV do mundo. Sento no carro, e a partir da tecnologia da geolocalização, o painel mostra a rua em que você trafega. Ao utilizar o Waze, esse pede que você informe o seu destino, e um mapa aparece, com indicações de voz, orientando o caminho até afirmar "você chegou ao seu destino".

Muito poderíamos falar sobre a Internet, com seu conjunto de redes de computadores espalhados por todas as regiões do planeta, meio pelo qual conseguimos trocar dados e mensagens. Trata-se de um gigantesco avanço, ao alcance de todos.

Diversos países lançaram satélites na órbita terrestre, inclusive o Brasil. Até hoje, 3.009 satélites foram lançados e 919 entraram em órbita. Em sua maioria, são destinados à telecomunicação, por meio da transmissão de sinal de TV, rádio e ligações telefônicas, entre outros serviços. Oferecem, também, a possibilidade da cobertura global. É impressionante quando vemos acontecimentos serem transmitidos ao vivo de todos os recantos do planeta.

Eu tinha apenas 30 anos de idade, morava em Curitiba, quando no dia 20 de julho de 1969 assisti àquelas cenas emocionantes do homem pisando na lua, o que representou um grande feito para a história da humanidade. Com o avanço da ciência, já estudam se estabelecer na lua, a 384.400 km da terra, ali fazendo uma base permanente.

O sistema solar, além da Terra, é formado por mais sete planetas: Mercúrio, Vênus, Marte, Júpiter, Saturno, Urano e Netuno. Ninguém pode duvidar que todos eles, talvez em curto espaço de tempo, receberão missões. Marte, a 225 milhões de quilômetros, já recebeu a visita da Mariner 4, depois de uma viagem de nove meses.

Tem se falado muito da inteligência artificial, através de megacomputadores que acumulam todo o conhecimento do mundo. Teme-se que essas poderosas máquinas se tornem mentoras da guerra, do ódio, do domínio e da segregação.

Essa multiplicação da ciência é veloz e maravilhosa.

Daniel nasceu e cresceu em Jerusalém no ano 600 a.C. Esse jovem príncipe judeu foi levado prisioneiro de guerra pelas tropas do Império Babilônico. Deve ter sido um dos primeiros em tão longínquo passado a antever a multiplicação da ciência. "Tu, porém, Daniel, cerra as palavras e sela o livro, até o fim do tempo, muitos correrão de uma parte para outra e a ciência se multiplicará." (Daniel 12:4)

A escritora Ellen White, comentando essa profecia, ainda no final do século XIX, afirma:

Aqui novamente, qualquer que seja a aplicação que dermos, o cumprimento é notável e completo. Consideremos as admiráveis produções da mente e as formidáveis obras das mãos humanas, que rivalizam com os mais ousados sonhos dos magos antigos, mas que se desenvolveram nos últimos cem anos apenas. Nesse período se progrediu mais em todos os ramos científicos, e mais progressos foram feitos nas comunidades humanas, na rápida execução dos trabalhos, na transmissão dos pensamentos e palavras, nos meios de viajar ra-

pidamente de um lugar a outro e até de um continente a outro, que durante os três mil anos anteriores.

Percebemos que esse rápido avanço da tecnologia provoca gigantes mudanças em nossa caminhada. Devemos usar do bom-senso e de sabedoria para bem dosá-la, para que contribua para o nosso bem-estar e nossa felicidade.

O mais competente não discute; domina a sua ciência e cala-se.
Voltaire

O futuro mais brilhante
é baseado num passado intensamente vivido.
Você só terá sucesso na vida quando perdoar os erros
e as decepções do passado.
A vida é curta, mas as emoções que podemos deixar
duram uma eternidade.
A vida não é de se brincar,
porque um belo dia se morre.

Desconhecido

Previsões do nosso futuro

Desnecessário ser futurologista para prever que nas próximas décadas o mundo sofrerá enormes transformações. Milhares de cientistas e pesquisadores estão debruçados na busca de novas invenções, e irão conseguir.

Nasci no distante ano de 1939 e, ao longo desses anos, acompanhei essa rápida evolução. Esse tempo pode ser dividido em três etapas:

- Ontem
- Hoje
- Amanhã

O sábio Salomão, com toda sua sabedoria, dizia que "tudo tem seu tempo certo para todas as coisas debaixo dos céus". (Ecl. 3:1)

Ontem é o passado de hoje e amanhã é o futuro de hoje.

Vale questionar: como será o mundo no ano 2050? Poucos anos nos separam dessa data, porém muitas mudanças vão acontecer, tanto nas atividades comerciais quanto nas profissionais.

Confesso que até gostaria de viver e presenciar todos esses acontecimentos, porém essa oportunidade ficará com o amigo leitor.

Aguçando nossa curiosidade, é fácil encontrarmos incontáveis previsões que sacudirão o universo nas próximas décadas. Algumas excelentes e outras não do agrado de todos.

Tenho pensado muito sobre a responsabilidade que repousa sobre todos aqueles que estão trabalhando, como cientistas e pesquisadores, para encontrarem novas descobertas, e não tenho nenhuma dúvida de que conseguirão, que mudarão por completo o panorama que reina no mundo nos dias atuais. Essas mudanças serão profundas e vão mexer no dia a dia de nossas vidas.

Todos querem menos armas poderosas de guerra e mais descobertas para prolongar nossas vidas.

Se me fosse dada a oportunidade, eu assopraria nos ouvidos de cada um deles: continuem com seu valioso trabalho, e que descobertas venham para que a humanidade alcance a paz.

Aquela paz que traz o nosso crescimento pessoal.

Aquela paz que traz a prosperidade da sociedade.

Aquela paz que traz a sustentabilidade do nosso planeta.

Aquela paz que, independentemente do gênero e da raça, coloca, acima de tudo, a identidade de todos.

Aquela paz que respeita a diversidade e procura unir entre si os seres humanos.

Compreendam que somente com ela é que o mundo em que vivemos será um lugar maravilhoso para viver, e repleto de felicidade.

Não é suficiente falar sobre a paz. É preciso acreditar nela. E não basta acreditar nela. É preciso trabalhar para alcançá-la.
Eleanor Roosevelt

Um giro pelo mundo

Na década de oitenta encontrava-me no continente asiático, na cidade chinesa de Hong Kong. Estava em viagem de turismo e senti o desejo de conhecer a cidade de Macau, na época ainda considerada um território português, devolvida para a China em 1999.

Fui para o porto local e, de barco, navegamos poucas horas até chegar na cidade conhecida como Las Vegas do Oriente, devido aos vários cassinos ali existentes.

Como esteve sob o domínio português durante séculos, encontrei enorme facilidade na comunicação, pois em muitos lugares o povo (550 mil habitantes) fala o português, que ainda hoje continua sendo uma das duas línguas oficiais.

Após conhecer essa península, vendo as placas das ruas escritas em português, peguei o barco e retornei, navegando pelo Oceano Pacífico, jamais imaginando que os chineses iriam construir em todo esse percurso de 55 quilômetros de comprimento, a maior ponte marítima do mundo, ligando Macau a Hong Kong. Foi um projeto ousado, que custou mais de R$ 100 bilhões, unindo essas duas cidades, que foram retomadas, uma dos ingleses e a outra dos portugueses, demonstrando a soberania chinesa.

Se eu pudesse, gostaria de fazer esse percurso, sentado em um carro como passageiro. Um dia de barco, e outro de carro, podendo contemplar as águas azuis do oceano e relembrar as palavras que vi na placa do Rio Tejo: "Deus quer, o homem faz".

Também temos a contar uma aventura rodoviária quando, com mais dois parentes, decidimos percorrer 885 quilômetros, ligando

Porto Velho a Manaus. Ao longo do percurso nos deparamos com rios sem pontes, com travessia de balsa, o que impossibilitava o percurso durante um único dia sob a luz do sol.

Paramos em uma casa, onde fomos bem atendidos. Lembro bem de que para mim dois fatos marcaram aquela aventura. O primeiro foi dormir em rede. Ao meu lado, uma pessoa estava deitada imóvel em outra rede, desde que ali chegamos. Estranhei e fui informado que ela estava acometida de malária. Fiquei apavorado e não sei como não fui contaminado com essa indesejada enfermidade, podendo ser picado por um mosquito infectado. Claro que o meu sono não foi tranquilo, pois passei o maior período da noite acordado. De repente, ouvi um barulho estranho. Na selva, uma onça-pintada estava rugindo. Era mais uma razão para perturbar o meu sono. Ao meu lado a malária e ali por perto uma onça rugindo. Felizmente, ao amanhecer, nós três pegamos o carro e seguimos viagem rumo a Manaus. Ileso, escapei desses dois perigos.

Já as árvores, elas todas silenciam, e é quase impossível escutar a respiração delas. E até peixe dá de nadar d'outra maneira quando a onça pisa areia da beira. Já macacada, é diferente. Macacada vai urrando desigual, cada urro pavoroso que elas só utilizam pra esse aviso mesmo, e isso pode botar fé, é senha certa que eles dão de que ela, a onça, anda pelas sombras, assombrando bicho esquecido de si mesmo, bicho quem não tenta pra algaravia, vacilante que pinima--pixuma não perdoa é distração nenhuma.

O texto acima é um pequeno trecho de *O Som do Rugido da Onça*, romance da escritora pernambucana Micheliny Verunschk, ganhadora do prêmio Jabuti 2022.

Nosso país é imenso e o mundo também. Existem em muitos lugares inúmeras belezas que encantam os olhos e dos quais podemos desfrutar.

Conhecer outras paragens é cultura e nos ajuda a conviver melhor com nossos semelhantes. Correto é o provérbio chinês ao dizer que "a jornada de mil milhas começa com um passo".

Cada um tem o direito de planejar o seu próprio caminho de paz e amizade pela jornada da vida. Procure dar o primeiro passo!

Viajar é desbravar novos horizontes, abrir caminhos, pisar em trilhas incertas e ter a certeza de que você sempre aprenderá algo novo.
Felipe Pimentel

A maior aventura de um ser humano é viajar,
E a maior viagem que alguém pode empreender
É para dentro de si mesmo.
E o modo mais emocionante de realizá-la é ler um livro,
Pois um livro revela que a vida é o maior de todos os livros,
Mas é pouco útil para quem não souber ler nas entrelinhas
E descobrir o que as palavras não disseram...

Augusto Cury

Não se espante com a altura do voo. Quanto mais alto você se eleva, mais tempo há de reconhecer uma pane. É quando se está próximo do solo que se deve desconfiar.

ALBERTO SANTOS DUMONT (1873-1932);
aeronauta e inventor brasileiro, ficou marcado na história pelas grandes contribuições que deixou na área da aviação.

Frases famosas de Santos Dumont:

- "As coisas são mais belas quando vistas de cima."
- "Inventar é imaginar o que ninguém pensou; é acreditar no que ninguém jurou; é arriscar o que ninguém ousou; é realizar o que ninguém tentou. Inventar é transcender."
- "Os pássaros devem experimentar a mesma sensação quando distendem suas longas asas e seu voo fecha o céu… Ninguém, antes de mim, fizera igual."
- "Haverá hoje, talvez, quem ridicularize minhas predições sobre o futuro comercial dos aeroplanos. Quem viver, porém, verá."
- "O inventor é como a natureza: não dá saltos."
- "A questão do aeroplano estava, havia já alguns anos, na ordem do dia; eu, porém, nunca tomava parte nas discussões, porque sempre acreditei que o inventor deve trabalhar em silêncio; as opiniões estranhas nunca produzem nada de bom."

O caminho do meio

Escolher o caminho do meio para sua jornada aqui na terra significa se afastar dos perigos do extremo. Daisaku Ikeda escreveu que o caminho do meio é um processo de "viver e deixar nossa marca na sociedade, enquanto constantemente questionamos nossas próprias ações para assegurar que estejam de acordo com o caminho da humanidade".

Todos nós, com muita facilidade, temos conhecimento dos malefícios provocados pelos excessos. Luz demais pode cegar. Água demais pode afogar. A laranja espremida, no máximo, dá só amargor. Recomenda-se, em tudo na vida, procurarmos sempre viver afastados dos extremos, buscando o equilíbrio que reside no caminho do meio.

Num resumo magistral, o poeta chinês Li Mi-an afirma que "o melhor costuma ser, neste mundo, descobrir o que está entre os extremos: o meio a meio, fórmula mágica, dará mil e mil satisfações. Sábio em uma metade, em outra, fidalgo, vive pelo meio o esforço e o repouso. Sem te isolares, não dês confiança demais. Procura ter de tudo em tua casa, sem nada de ostentoso ou arrogante. Quando te embriagares, faz isso pela metade. A flor meio aberta é mais bonita, com meia vela seguem bem os navios e a meia rédea trotam os cavalos."

É muito bom ter lucidez e sabedoria para conduzir nossa vida no caminho do meio, fugindo dos extremos, que são perigosos e enganosos.

Lembro que o filósofo Aristóteles fez menção à "média dourada", pois para esse filósofo grego "toda virtude é uma média sobre dois extremos, cada um dos quais é um vício".

Fiquemos com a virtude, pois, também no entender do filósofo grego, é o caminho do meio.

É bom evitarmos os caminhos pedregosos dos extremos, seguindo sempre pelos confortáveis e lisos caminhos do meio.

O sábio Salomão, na distante antiguidade, aconselhava que "é bom reter uma coisa e não abrir mão da outra, pois quem teme a Deus evitará ambos os extremos". (Ecl. 7:18)

Nem tanto ao céu nem tanto à terra – esse adágio popular, conhecido de todos, nos induz a seguirmos o caminho do meio, evitando o extremo. Mas, certamente, se pudéssemos escolher o melhor caminho seria "tanto ao céu".

Conforme acima falamos, para o filósofo "virtude é uma média sobre dois extremos", e dentro dessa lógica Manuel Bocage completa:

Virtude – os meios ama, odeia extremos.
Extremos são no mundo ou erro ou culpa
Do mesmo que abrilhanta a humanidade
Longe, longe, ó mortais, o injusto Excesso!

Nada mais belo que uma vida equilibrada. Sem excessos, vivendo longe dos extremos. Vivendo assim, está mais próximo de desfrutar os ares benfazejos da felicidade.

O historiador inglês Eric Hobsbawm intitulou a sua obra sobre o século XX como *A Era dos Extremos*. De fato, a violência e os desequilíbrios grotescos dessa época conduziram à necessidade de encontrar um princípio orientador para alcançar a paz e a satisfação da humanidade. O caminho do meio, de reverência à dignidade e à santidade da vida, fazendo do bem-estar das pessoas e do planeta o ponto de partida e o objetivo final de todo esforço humano, pode ser o melhor caminho a seguirmos.

A virtude termina sempre onde começa o excesso.
Jean Massillon

O caminho de volta

O sábio Salomão dizia que "em seu coração o homem planeja o seu caminho, mas é o Senhor que determina os seus passos." (Prov. 16:9) Nesse planejamento somos levados a lugares diferentes, mas o coração do homem sabe encontrar o caminho de volta.

Pensando assim foi que a jornalista e publicitária Téta Barbosa redigiu um belo texto intitulado *O Caminho de Volta*, onde trata de um retorno particular da autora de um lugar para outro, e em sua descrição todos podemos encontrar vários elementos parecidos em nossas vidas. Diz ela:

Já estou voltando. Só tenho 37 anos e já estou fazendo o caminho de volta. Até o ano passado eu ainda estava indo. Indo morar no apartamento mais alto do prédio mais alto do bairro mais nobre. Indo comprar o carro do ano, a bolsa de marca, a roupa da moda.

Claro que para isso, durante o caminho de ida, eu fazia hora extra, fazia serão, fazia dos fins de semana eternas segundas-feiras. Até que um dia, meu filho quase chamou a babá de mãe!

Mas, com quase quarenta, eu estava chegando lá. Onde mesmo? No que ninguém conseguiu responder, eu imaginei que quando chegasse lá ia ter uma placa com a palavra "fim". Antes dela, avistei a placa de "retorno" e nela mesmo dei meia volta.

Comprei uma casa no campo (maneira chique de falar, mas ela é no meio do mato mesmo). É longe que só a gota serena. Longe do prédio mais alto, do bairro mais chique, do carro mais novo, da hora extra, da babá quase mãe.

Agora tenho menos dinheiro e mais filho. Menos marca e mais tempo. E não é que meus pais (que quando eu morava no bairro nobre me visitaram quatro vezes em quatro anos), agora vêm pra cá todo fim de semana? E meu filho anda de bicicleta, eu rego as plantas e meu marido descobriu que gosta de cozinhar (principalmente quando os ingredientes vêm da horta que ele mesmo plantou).

Por aqui, quando chove, a Internet não chega. Fico torcendo que chova, porque é quando meu filho, espontaneamente (por falta do que fazer mesmo) abre um livro e, pasmem, lê. E no que alguém diz "a internet voltou!" já é tarde demais porque o livro já está melhor que o Facebook e o Twitter juntos.

Aqui se chama "aldeia" e tal qual uma aldeia indígena, vira e mexe eu faço a dança da chuva, o chá com a planta, a rede de cama, assamos milho na fogueira. Aos domingos, converso com os vizinhos. Nas segundas, vou trabalhar, contando as horas para voltar.

Aí eu me lembro da placa "retorno" e acho que nela deveria ter um subtítulo que diz assim: "retorno – última chance de você salvar sua vida!" Você provavelmente ainda está indo. Não é culpa sua. É culpa do comercial que disse: "Compre um e leve dois". Nós, da banda de cá, esperamos sua visita. Porque sim, mais dia menos dia, você também vai querer fazer o caminho de volta.

Esse caminho de volta, tão bem descrito por essa jornalista, tem um enorme significado para todos nós, no sentido da necessidade de pararmos com a correria da vida e, diante da placa "RETORNO", darmos a meia-volta para de fato vivermos momentos mais belos e prazerosos, que só podem ser encontrados na simplicidade.

Diante dessa colocação, surge a manifestação de Dennys Távora ao confessar:

Sou uma pessoa feliz.
Amo muito a vida
E dela sou aprendiz.
Tenho várias paixões,

Mas como qualquer um,
Possuo imperfeições.
Se os caminhos desta vida
Ainda não sei de cor,
Pelo menos busco,
A cada dia,
Tornar-me alguém melhor.

Sempre convém dar uma parada em nossa caminhada, para ver onde estamos e até onde queremos chegar. Infelizmente, para muitos, seus caminhos não tem FIM. Pensam erroneamente que a felicidade pode estar no fim do caminho, quando, na realidade, a felicidade é o caminho. Quando nos depararmos com a placa de "RETORNO", não vamos titubear em dar a volta em nossa caminhada, para desfrutarmos das belezas que a vida nos oferece.

Embora ninguém possa voltar atrás e fazer um novo começo, qualquer um pode começar agora e fazer um novo fim.
James Sherman

NADA É ETERNO

Ninguém é eternamente jovem que a juventude não acabe.
Ninguém é eternamente velho que a velhice não acabe.
Ninguém é eternamente belo que a beleza não acabe.
Ninguém é eternamente orgulhoso que o orgulho não acabe.
Ninguém é eternamente bom que a bondade não acabe.
Ninguém é eternamente rico que a riqueza não acabe.
Ninguém é a perfeição absoluta que não acabe.
Estrelas mudam de lugar.
Os fundos dos rios e mares se modificam.
E a própria terra gira em torno de si mesma.
Enfim, somos apenas seres, cheios de virtudes e defeitos, com dia e hora marcados, com prazos de validade para acabar.
A única coisa que permanece para sempre e muito além da morte é o amor de Deus.
Portanto, que vivamos, intensamente e com qualidade, porque da vida nada se leva, tudo se acaba. Pense nisso:
NADA É ETERNO!

Márcio Souza

Viver para os outros

Conheço vários amigos que dedicam parte de seu precioso tempo para atender às necessidades de seus semelhantes. Esse desprendimento é muito belo, levando-me a reconhecer e elogiar todos esses esforços pelo bem dos outros. São pessoas que não pensam só em si, o que não deixa de ser muito importante, mas pensam também nos outros. É um elogiável gesto humanitário, pois o fazem sem nenhum interesse pessoal. Não querem dinheiro, não esperam elogios, não almejam destaques. Agem sempre apenas por amor aos outros.

No convívio com esses amigos, percebi que, embora tenham disposição de ajudar, não sabem exatamente do que o outro precisa, mas todos eles têm certeza e bem sabem que podem ser aquela meiga presença que eles necessitam. Com isso, aprendi como é bom ser uma boa lembrança na vida dos outros.

Olhando a natureza que nos cerca, temos com ela muito a aprender. Ela dá de si. Tanto é que levou o Papa Francisco a tecer sobre isso uma interessante recomendação aos fiéis, quando diz:

Os rios não bebem sua própria água; as árvores não comem seus próprios frutos. O sol não brilha para si mesmo; e as flores não espalham sua fragrância para si. Viver para os outros é uma regra da natureza. (...)

A vida é boa quando você está feliz; mas a vida é muito melhor quando os outros estão felizes por sua causa.

Viver não é fácil para ninguém. Todos nós temos que enfrentar inúmeras dificuldades para vencer. Quando puder, procure viver para os outros. Não é necessário dar tudo que tem para o bem-estar do outro, com isso prejudicando seu bem-estar e sua sobrevivência. Porém, podemos concordar que sempre nos sobra um pedaço de nosso tempo, que pode ser dado àquele que dele necessita. Seria pedir demais que viva a vida do outro como se fosse sua. Cada um pode pensar e agir nessa busca sagrada de ajudar o seu próximo, lembrando, como disse alguém, que "nem sempre podemos dar o que o outro precisa, mas podemos ser na vida do próximo a presença que ele necessita. É tão bom ser uma boa lembrança na vida de alguém."

Dizem que dentro de cada um há um pedaço do outro. Representa a coletividade. No mundo não somos únicos, outros vivem ao nosso redor, porém não podemos viver a vida dos outros. Cada um tem que viver sua própria vida.

A história nos mostra inúmeras pessoas que tiveram uma vida apenas para servir. Redigimos estas linhas jamais com a intenção de estimular os leitores a abandonarem a sua própria vida e dedicá-la exclusivamente aos outros. Existem várias maneiras de administrar e ajudar o próximo, levando a nossa vida com paz e felicidade.

Ame a vida! Diga aos outros que os ama. Isso é viver e ser feliz.

Nosso mundo precisa de um número maior de pessoas dispostas, para torná-lo melhor, que vivam um pouquinho para os outros.

Se eu puder ajudar alguém a seguir adiante, alegrar alguém com uma canção, mostrar o caminho certo, cumprir meu dever como cristão que é divulgar a mensagem que Cristo deixou, então minha vida não terá sido em vão.
Martin Luther King Jr.

Medindo a felicidade

Abrindo o dicionário Michaelis, vamos encontrar a definição de felicidade como sendo "o estado de espírito de quem se encontra alegre ou satisfeito". Devido às inúmeras atribulações que encontramos pelos caminhos da vida, ela difere muito entre as pessoas. Embora ela seja feita de momentos, com alguns vivendo o alto ou baixo astral, consigo ver, na convivência com meus amigos, que alguns, em seu dia a dia, conseguem desfrutar da felicidade por períodos mais longos do que outros.

Nesse texto procurarei ajudá-lo a dar alguns passinhos na direção desse momento maravilhoso da nossa vida, chamado de felicidade. Desde já antecipo onde nós podemos encontrá-la: nas pequenas coisas e na medida em que praticamos o bem para o próximo necessitado.

Intitulei este texto considerando a possibilidade de medirmos a felicidade. Parece estranho, mas isso é possível. A cada três anos a ONU publica um *Relatório Mundial de Felicidade*, efetuando essa medição. No último relatório, a pesquisa foi efetuada com 137 nações.

Para chegarem ao resultado final, foram consideradas as seguintes áreas:

- Saúde – expectativa de vida saudável da população.
- Suporte social – com o que o povo pode contar de benefícios na busca de seu bem-estar social.
- Liberdade – na tomada de suas próprias decisões, assegurada pela sua legislação, pois bem sabemos que um dos segredos da felicidade está na liberdade.

- Generosidade – uma virtude daqueles que se dispõem a sacrificar seus próprios interesses em benefício de outrem.
- Extinção da corrupção – esta é uma praga daninha que infesta a humanidade desde a criação do mundo, com o recebimento de alguma vantagem indevida, em benefício próprio.

Nesse mesmo relatório, vem a listagem dos países mais felizes do mundo, pela ordem:

1. Finlândia
2. Dinamarca
3. Islândia
4. Israel
5. Holanda

Sem maiores comentários, o Brasil aparece em 47.º lugar.

Quase todos os países listados estão situados no norte da Europa, são considerados países nórdicos, onde predomina um rigoroso inverno, com temperaturas abaixo de zero na maior parte do ano.

Fiz uma ligeira pesquisa sobre o primeiro colocado nesse *ranking*: Finlândia.

O país classificado pela ONU como sendo o mais feliz do mundo é pequeno, com pouco mais de cinco milhões de habitantes. Sua economia baseia-se na metalurgia, madeira, engenharia e telecomunicações. Impressiona o seu PIB de 281,4 bilhões de euros, proporcionando uma renda *per capita* de 50,818 euros. Esse país alcançou um bom desempenho nos cinco itens listados pela ONU.

No ano em que participei de um clube de serviço, o Presidente mundial era desse país. Ele divulgou o seu lema para aquele ano: "Encontremos tempo para servir". Somente agora, ao ver as razões que levaram esse país à invejada colocação, passei a entender as razões por que aquele Presidente buscou esse lema, para estimular seus companheiros a praticarem a generosidade, essa bela virtude que também existe entre o seu povo.

Concordo com a conclusão de que praticar o bem faz mais bem para quem o executa do que para aquele que o recebe. Encontremos tempo para servir, pois é nesse exato ato de servir que se encontra a felicidade, principalmente quando é praticado de maneira desinteressada, ao próximo que está ao nosso lado, precisando de nossa ajuda.

Para nossa reflexão, vale a pena trazermos algumas citações bíblicas que nos ensinam onde podemos encontrar a felicidade:

Disse então Maria: A minha alma engrandece ao Senhor, e o meu espírito exulta em Deus meu Salvador; porque atentou na condição humilde de sua serva. Desde agora, pois, todas as gerações me chamarão bem-aventurada.
(Lucas 1:46-48)

Pois nem mesmo o Filho do Homem veio para ser servido, mas para servir e dar sua vida em resgate por muitos.
(Mateus 20:28)

Mas, quando der um banquete, convide os pobres, os aleijados, os mancos, e os cegos. Feliz será você, porque estes não têm como retribuir.
(Lucas 14:13-14)

Procure medir o seu índice de felicidade, em quatro níveis:

- Muito feliz
- Feliz
- Não muito feliz
- Nada feliz

Gostaria de ver todos os meus queridos leitores enquadrados na faixa de muito felizes. Procure sempre fazer o bem, compartilhar com o próximo, pois só assim encontraremos a felicidade.

Seja feliz!

Eu quero o bem.
Eu quero mais amor, mais solidariedade, mais amizades, mais futebol na chuva, mais amigos verdadeiros, mais momentos em família, mais churrascos, mais diversão, mais loucuras, mais fé, mais alegrias, mais músicas.
Eu quero a felicidade verdadeira, eu quero a paz.
Eu quero encontrar na simplicidade a alegria de estar vivo.
Eu quero ser feliz pelas coisas simples.
Eu quero mais, muito mais.
Eu quero estar de chinelo contando histórias com meus amigos, eu quero boas lembranças, eu quero calma.
Eu quero explodir a vida em felicidade e amor, fechar os olhos e abrir os braços em eterna dança no ritmo da amizade.

Victório Rafael

A solidariedade comove

Impera no mundo em que vivemos uma enorme desigualdade social e, em todos os lugares, sempre nos deparamos com pessoas que clamam por nossa ajuda, para minorar suas dores ou suas necessidades.

É nesse momento que despontam aqueles voluntários, dispostos a abrir mão de seu conforto e, com desprendimento, decidem doar de si, contribuindo para ver uma sociedade mais justa, igualitária, com amor e comunhão.

Em direito, a palavra *solidariedade* representa o compromisso pelo qual as pessoas se obrigam umas às outras e cada uma delas a todas. Na verdade, ninguém é obrigado a praticar esse gesto. Toda sua beleza está na espontaneidade.

Bom seria se um maior número de pessoas fosse tomado por esse sentimento: dar um pouco de si em favor dos que sofrem.

Recentemente, o Estado do Rio Grande do Sul foi assolado por fortes chuvas. Mais de 400 municípios foram atingidos, levando as autoridades municipais a declararem estado de calamidade pública. Os números desse desastre ecológico são assustadores. Oitenta por cento dos municípios gaúchos foram atingidos. Mais de meio milhão de desabrigados. Esse quantitativo é maior do que a população registrada em oito capitais do país. O Guaíba registrou uma elevação de 5,37m, a maior da história. Com isso, em vários municípios ocorreu o desabastecimento de água, apagão de energia elétrica, queda de pontes e bloqueio de estradas. Foi muita água, muita lama e muita desolação.

O povo gaúcho, com o apoio de outros, encontrará forças para superar essa tragédia. Unidos, devemos fazer o bem e minorar, mesmo que apenas um pouco, a dor e o sofrimento dos que viram seus bens serem arrastados e destruídos pela água. Vi imagens de cidades que foram completamente devastadas pela enchente, mas também presenciei inúmeros atos de bondade e solidariedade.

Tudo isso me leva a relembrar as palavras do baiano Rui Barbosa, que afirmava: "Dilatai a fraternidade cristã, e chegareis das afeições individuais às solidariedades coletivas, da família à nação, da nação à humanidade".

Bráulio Bessa, poeta e escritor brasileiro, com sua linguagem simples e com forte apelo emocional, agrada aos seus leitores. Sobre esse tema, ele escreveu:

Tem jeito pra se ajeitar
Basta tu compreender
Que quando se ajuda alguém
O ajudado é você.
É você quem ganha paz,
É você quem ganha mais,
Mais amor, mais gratidão.
Doando um cobertor,
Derretendo o frio da dor
E aquecendo um coração.

Como seria bom se a humanidade aceitasse essa colocação de que "quando se ajuda alguém, o ajudado é você". O mundo seria outro, todos nós viveríamos em paz e desfrutaríamos de felicidade.

Aprenda a amar as pessoas com solidariedade.
Aprenda a fazer coisas boas.
Aprenda a ajudar os outros.
Aprenda a viver sua própria vida.
    Mário Quintana

O importante é não parar de questionar: a curiosidade tem sua própria razão de existir.

ALBERT EINSTEIN
(1879-1955);
físico alemão que desenvolveu a Teoria da Relatividade Geral. Recebeu o Prêmio Nobel de Física em 1921.

Algumas frases atribuídas a Albert Einstein:

- O importante é não parar de questionar; a curiosidade tem sua própria razão de existir.
- Todo mundo é um gênio. Mas, se você julgar um peixe por sua capacidade de subir em uma árvore, ela vai passar toda a sua vida acreditando que ele é estúpido.
- A única finalidade da educação deve consistir em preparar indivíduos que pensem e ajam como indivíduos – independentes e livres.
- Uma vida simples e tranquila traz mais alegria que a busca pelo sucesso em uma inquietação constante.
- Onde há um desejo, há um caminho.
- Insanidade é fazer a mesma coisa várias vezes e esperar resultados diferentes.
- Matemática pura é, à sua maneira, a poesia de ideias lógicas.
- O grande problema da humanidade não está no domínio da ciência, mas no domínio dos corações e das mentes humanas.
- A vida é um ininterrupto vir a ser, jamais um ser puro e causal.
- A imaginação é mais importante que o conhecimento. O conhecimento é limitado, enquanto a imaginação abraça o mundo inteiro, estimulando o progresso, e dando origem à evolução.

Um grama de ação

Mesmo que pareça pouco, as decisões e atitudes tomadas sempre tem um enorme valor. É muito fácil imaginarmos que aquela pessoa que decide agir provoca uma enorme consequência nos resultados finais. Era por isso que o famoso indiano Mahatma Gandhi gostava de afirmar que "você nunca sabe que resultados virão em suas ações, mas se você não fizer nada, não existirão resultados".

Na vida, é fundamental que cada um de nós assuma o seu papel e parta para a ação, na expectativa de realizar para si coisas melhores.

Sempre apreciei curtas colocações, que estão na voz do povo referindo-se a esse tema. Alguns dizem:

- A menor ação é melhor do que a melhor das intenções.
- Entre a palavra e a ação, medeia um grande abismo.
- Um grama de ação vale mais do que uma tonelada de teoria.

Em todas elas, apenas percebemos que o que se quer é a disposição de praticar uma ação, de preferência que seja boa e que sirva para engrandecer a humanidade. Carro parado não anda! Cabe a cada um de nós ligar o motor e partir com boas ações, para novas conquistas, lembrando sempre que "sem prazer não há vida. A luta pelo prazer é a luta pela vida". (Nietzsche)

Tive a oportunidade de conhecer o livro escrito por Paulo Vieira intitulado *O Poder da Ação*. Existem outros, porém pareceu-me ser este um dos melhores, onde ele busca ensinar os principais métodos e ferramentas que visam as mudanças em sua vida. Esse livro é dividido em sete capítulos, sendo o seu conteúdo fundamentado em matérias científicas, e ao mesmo tempo apresenta muitos exercícios práticos, acompanhados de depoimentos e histórias, o que torna a sua leitura de fácil compreensão.

Vale a pena citar que esse autor, além de PHD em Administração e Mestre pela Florida Christian University, onde trabalha como professor, é também autor de outros livros que se tornaram *best sellers*. Buscamos em sua obra *O Poder da Ação* alguns de seus pensamentos que podem nos estimular a abandonar a cômoda inércia e partir para a ação. Paulo Vieira desafia seus leitores ao dizer:

Acorde para viver o melhor de sua vida.
Acorde para ser feliz agora.
Acorde para realizar as suas metas mais importantes e as menos importantes também, afinal elas são suas.

Entre tantas outras valiosas citações, ele afirma que "você tem capacidade de fazer um mundo melhor e deixar marcas positivas para as gerações futuras".

Com todas essas colocações, a conclusão a que podemos chegar é que ninguém deve se recolher e deixar de agir, pois vivemos em uma sociedade onde cada um tem enorme responsabilidade a assumir e, com suas ações, ajudar a construir um mundo melhor.

Sonhos determinam o que você quer. Ação determina o que você conquista.
Aldo Novak

Sirvam nossas façanhas...

A letra do Hino Rio-Grandense foi composta pelo militar e poeta Francisco Pinto da Fontoura, e adotada em 1935 pelo Instituto Histórico e Geográfico do Rio Grande do Sul, em comemoração ao centenário da Revolução Farroupilha.

Existe o registro de três letras diferentes para o hino, sendo a terceira a que caiu no agrado da alma popular. A versão de Francisco da Fontoura é basicamente a adotada até hoje, apenas com a supressão de uma estrofe, aprovado como Hino Farroupilha ou Hino Rio-Grandense por força da Lei 5.213, de 5 de janeiro de 1966. Os versos retirados foram:

Entre nós reviva Atenas
Para assombro dos tiranos
Sejamos gregos na guerra
Na virtude, romanos.

A letra do hino foi composta durante a Revolução Farroupilha (1835-1845). O conflito que tinha, a princípio, um caráter reivindicatório, combatendo o centralismo político do império, os altos impostos sobre o charque, o couro e a propriedade rural, resultou na mais longeva guerra civil da história do Brasil.

Chamou a minha atenção, na letra desse hino o desafio:

Sirvam nossas façanhas
De modelo a toda terra

Encontro-me em Salvador e ainda há pouco, de carro, passei pelo Mercado Modelo, importante atração turística da cidade, com seus 8.410 metros quadrados e que abriga 263 lojas. O local encanta os turistas e atende às necessidades dos moradores da região.

Assim também, como seres humanos, podemos ser modelos para encantar a todos aqueles que conosco convivem.

Quando ouvimos a palavra *modelo*, logo nos lembramos daqueles que são contratados para promover e exibir produtos comerciais. São selecionados, normalmente, por seu porte físico, pelas empresas que buscam vender seus produtos. Assim também podemos, sem precisar da beleza física, mas pelo caráter e pela bondade, servir de modelo para o nosso próximo.

A Revolução Farroupilha terminou há mais de um século e meio, e ainda hoje é comemorado o 20 de Setembro como o "precursor da liberdade". Aprendemos, ao relembrar essa bela passagem na história desta terra, que, além de saber lutar, precisamos saber pelo que estamos lutando.

Com consciência e moral, vamos, no decorrer de nossa vida, sempre caminhar em busca da liberdade.

Liberdade significa responsabilidade. É por isso que tanta gente tem medo dela.
George Bernard Shaw

A semente da igualdade

Vemos que a semente da igualdade precisa ser semeada pelo mundo afora, para que todos tenham oportunidades iguais para aproveitarem sua vida. A igualdade tem como objetivo contrapor as desigualdades criadas pelo ser humano ao longo da história. Vemos todos os dias como a sociedade trata homens e mulheres, o racismo, a homofobia, a xenofobia e outros preconceitos que acabam causando um cenário de divergências de oportunidades. John Locke, com razão, afirmava que todos os seres humanos são iguais por natureza.

A semente da igualdade precisa ser lançada em várias áreas, onde a erva daninha da desigualdade prospera, e se alastrou, ao longo da história da humanidade, para todos os lugares. É fácil citar os tipos de igualdade onde essa semente precisa nascer:

- Igualdade de gênero
- Igualdade de direitos
- Igualdade de oportunidades
- Igualdade formal e legal
- Igualdade política
- Igualdade econômica
- Igualdade de educação
- Igualdade racial

Vejo que a semente da igualdade, pela relação acima, deve, de maneira urgente, ser lançada, para que todas as pessoas tenham o direito de acessar o básico que deve ser oferecido ao ser humano.

Fiquemos no primeiro item: "igualdade de gênero" para tecermos neste texto algumas considerações. Segundo o IBGE, no Brasil, mais de 50% das mulheres recebem vencimentos em valores inferiores que os homens. Mulheres sempre foram tratadas, inexplicavelmente, como inferiores, quando na realidade muitas delas são superiores no exercício de suas atividades. Mas então, por que ocorre essa distinção? Embora exercendo a mesma função, elas acabam tendo uma remuneração menor. O mínimo que se pede é uma justa equiparação salarial.

Uma semente foi recentemente plantada, pois a Câmara dos Deputados aprovou a lei, por maioria absoluta, estabelecendo a igualdade salarial entre homens e mulheres que exercem a mesma função. Assim, teremos salários iguais para trabalhos iguais.

Foi na Revolução Francesa (1789) que o conceito de igualdade passou a ser debatido pela população, rompendo com o servilismo e lutando contra os privilégios da classe dominante, ao utilizarem o lema "igualdade, liberdade e fraternidade".

Nos termos da Constituição brasileira, todos são iguais perante a lei, embora todos nós saibamos que na prática não é bem assim. Existem muitas desigualdades que precisam ser superadas.

Para tornarmos o mundo um lugar igualitário para todos, é necessário que haja união e que a benfazeja semente da igualdade seja plantada em todos os lugares, para que esse nobre objetivo seja alcançado.

O sonho da igualdade só cresce no terreno do respeito pelas diferenças.
Augusto Cury

A bendita esperança

A Esperança não murcha, ela não cansa,
Também como ela não sucumbe a Crença,
Vão-se sonhos nas asas da Descrença,
Voltam sonhos nas asas da Esperança.

O autor dos versos acima é Augusto dos Anjos, um paraibano que publicou apenas um livro – *Eu e Outras Poesias*. Acometido de pneumonia, faleceu com apenas 30 anos de idade.

A esperança é um belo sentimento, que se apodera do ser humano, que vê como possível a realização daquilo que deseja. A esperança é um tipo de espera, de expectativa para que algo aconteça.

O Instituto de Pesquisa Ideia, a cada final de ano, elege a palavra que se destaca para o ano seguinte. Esperança tem sido a palavra vencedora nos últimos anos, pois os brasileiros alimentam a expectativa de viverem dias melhores. É bastante particular da opinião pública brasileira a sensação de que o futuro será sempre melhor do que o presente.

A esperança não é enganosa, longe disso. No período eleitoral é comum ouvirmos discursos enganosos, disfarçados com palavras de esperança, na construção de promessas que, na maioria das vezes, nem cumpridas são.

Sempre identifiquei nos poemas do gaúcho Mário Quintana uma elevada dose de sensibilidade. Certa ocasião alguém procurou desmerecer os seus versos dizendo: "Gostei muito dos seus versinhos". De imediato, ele rebateu: "Obrigado pela sua opiniãozinha". Ele é o autor do belo poema *Esperança*:

Lá bem no alto do décimo segundo andar do Ano
Vive uma louca chamada Esperança
E ela pensa que quando todas as sirenas
Todas as buzinas
Todos os reco-recos tocarem
Atira-se
E
– ó delicioso voo!
Ela será encontrada miraculosamente incólume na calçada,
Outra vez criança...
E em torno dela indagará o povo:
– Como é teu nome, meninazinha de olhos verdes?
E ela lhes dirá
(É preciso dizer-lhes tudo de novo!)
Ela lhes dirá bem devagarinho, para que não esqueçam:
– O meu nome é ES-PE-RAN-ÇA...

O apóstolo Paulo enviou uma carta à comunidade cristã da cidade grega de Corinto, que estava dividida, e em suas linhas podemos ler:

Agora, pois, permanecem estas três: a fé, a esperança e o amor, porém o maior destes é o amor.
   (I Coríntios 13:13)

A escritora Cora Coralina, em suas palavras, nos leva a refletir sobre o versículo acima:

Diga o que você pensa com esperança.
Pense no que você faz com fé.
Faça o que você deve fazer com amor!

Quem não tem nenhuma esperança no seu coração, deve sofrer muito, pois não espera que nada de bom aconteça no futuro.

Todos devem ter sempre em mente aquele velho ditado que diz que "a esperança é a última que morre".

Não vamos nunca perder a esperança. Mesmo diante de momentos difíceis e tenebrosos, devemos ver que a luz de esperança afasta toda a escuridão e nos proporciona a certeza de que dias melhores virão.

A esperança é o sonho do homem acordado.
    Aristóteles

Senhor! Dá-me a esperança, leva de mim a tristeza e não a entrega a ninguém.

Senhor! Planta em meu coração a sementeira do amor e arranca de minha alma as rugas do ódio.

Ajuda-me a transformar meus rivais em companheiros, meus companheiros em entes queridos.

Dá-me a razão para vencer minhas ilusões.

Deus! Conceda-me a força para dominar meus desejos.

Fortifica meu olhar para que veja os defeitos de minha alma e venda meus olhos para que eu não cometa os defeitos alheios.

Dá-me o sabor de saber perdoar e afasta de mim os desejos de vingança.

Ajuda-me a fazer feliz o maior número possível de seres humanos, para ampliar seus dias risonhos e diminuir suas noites tristonhas.

Não me deixe ser um cordeiro perante os fortes nem um leão diante dos fracos.

Imprime em meu coração a tolerância e o perdão, e afasta de minha alma o orgulho e a presunção.

Deus! Encha meu coração com a divina fé... Faz-me realmente justo.

Rabindranath Tagore

A cor da lágrima

Poucos sabem dos benefícios que as lágrimas, quando correm pelas nossas faces, nos proporcionam. A primeira impressão é que ela lava os nossos olhos, porém é muito mais do que isso. Ela é incolor e salgada, produzida pelas glândulas lacrimais, que de fato limpam e umidificam a conjuntiva e a córnea. Estudiosos concluíram que 98% das lágrimas é água, fundamental na limpeza e purificação natural dos olhos. Chorar e derramar lágrimas também é muito bom para a nossa saúde mental e nosso bem-estar, pois nos acalma, ajuda a recuperar o equilíbrio e melhora o nosso humor.

Portanto, evite segurar suas lágrimas. Elas nos libertam. Acredite naquele ditado popular que diz: "Quem chora ou canta, seus males espanta".

A educadora americana Kathy Mendias, em uma de suas palestras, nos ajuda a compreender ainda melhor os benefícios do choro:

Embora muitos de nós tentem segurar as lágrimas, chorar pode ser realmente a melhor coisa. Guardar as lágrimas pode aumentar nosso sentimento de raiva ou tristeza.

Chorar é simplesmente incrível. O choro nos oferece uma oportunidade de alívio físico, de intimidade entre duas pessoas e, principalmente, promove bem-estar físico e mental...

Precisamos ter um relacionamento saudável com o choro e mudar a forma como vemos as lágrimas. Nós as vemos como incontroláveis, assustadoras e confusas, quando são, na verdade, belas, calmantes e reconfortantes. Elas não devem ser vistas como um alarme estridente de que algo está errado, mas, sim, como uma funcionalidade natural de nosso corpo incrível.

Muitas vezes ouvi alguns dizerem que as lágrimas derramadas eram "lágrimas de crocodilo", pois o choro seria fingido e falso. Na verdade, essa é uma expressão muito antiga, tanto é que Plínio, chamado de "o apóstolo da história romana", que viveu no século I, escreveu que os crocodilos ficavam às margens do Rio Nilo, exibindo seus olhos lacrimejantes, dando a impressão de que choravam para atrair, atacar e devorar as suas vítimas. Para o nosso Mário Quintana, pior, mas muito pior do que as "lágrimas de crocodilo" são os sorrisos de crocodilo. Nem um nem outro!

Vendo a multidão, Jesus subiu ao monte, onde os discípulos se aproximaram e Ele começou a ensiná-los com palavras cheias de significado e princípios. Era o Sermão da Montanha (Mateus 5). Declarou serem bem-aventurados;

- Os pobres de espírito
- Os que choram
- Os mansos
- Os que têm fome e sede de justiça
- Os misericordiosos
- Os puros de coração
- Os pacificadores
- Os perseguidos por causa da justiça

Vamos nos deter na segunda bem-aventurança: "Bem-aventurados os que choram, porque eles serão consolados". O texto bíblico nos fala da felicidade em chorar. Logo, feliz é aquele que, diante das dificuldades da vida, derrama copiosas lágrimas e, diante delas, são consolados. O choro nos ajuda. As lágrimas nos libertam. E, como diz um texto judaico, as lágrimas possuem uma força especial: "Derretem gelo e aquecem corações".

Sendo as lágrimas tão benéficas para a saúde mental, nós não devemos ter vergonha de derramá-las quando formos possuídos de emoções e sentimentos que nos levam a essa situação. Precisamos admitir que em dicionário nenhum existe uma palavra sequer que seja tão convincente quanto uma lágrima. Alguém disse que estava disposto a olhar o mundo a sua volta através das lágrimas, na doce esperança de poder ver coisas que lhe passam despercebidas com os olhos secos.

Todos temos o direito de receber a bem-aventurança de sermos consolados. Porém, o bom mesmo é usarmos todas as nossas lágrimas para irrigar a tolerância, na busca da paz e do entendimento, tão necessários neste mundo conturbado em que vivemos.

Nunca segure uma lágrima para mostrar que tem força, mas deixe-a rolar para mostrar que tem sentimento.
Desconhecido

CHORAR É LINDO

Chorar é lindo, pois cada lágrima na face
são palavras ditas de um sentimento calado.

Pessoas que mais amamos são as que mais magoamos,
porque queremos que sejam perfeitas,
e esquecemos que são apenas seres humanos.

Nunca diga que esqueceu alguma pessoa, ou um amor.
Diga apenas que consegue falar neles sem chorar,
porque qualquer amor, por mais simples que seja,
será sempre inesquecível...

As lágrimas não doem...
O que dói são os motivos que as fazem caírem.
Não deixe de acreditar no amor,
mas certifique-se de estar entregando seu coração
para alguém que dê valor

aos mesmos sentimentos que você dá,
manifeste suas ideias e planos,
para saber se vocês combinam,
e certifique-se de que quando estão juntos
aquele abraço vale mais que qualquer palavra...

Mário Quintana

O que vale na vida não é o ponto de partida e sim a caminhada. Caminhando e semeando, no fim terás o que colher.

CORA CORALINA
(1889-1985);
poetisa e contista brasileira.
Publicou seu primeiro livro aos 76 anos de idade.

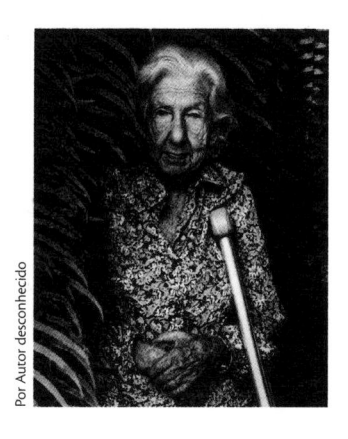

Por Autor desconhecido

ANINHA E SUAS PEDRAS

Não te deixes destruir...
Ajuntando novas pedras
e construindo novos poemas.
Recria tua vida, sempre, sempre.
Remove pedras e planta roseiras e faz doces. Recomeça.
Faz de tua vida mesquinha
um poema.
E viverás no coração dos jovens
e na memória das gerações que hão de vir.
Esta fonte é para uso de todos os sedentos.
Toma a tua parte.
Vem a estas páginas
e não entraves seu uso
aos que têm sede.

Cora Coralina

A dor do remorso

É bem difícil abordar o tema *remorso*, principalmente por não ser psicólogo. Porém, como amador, tentarei trazer alguma luz e procurar ajudar para que, no decorrer da vida, ninguém venha a sofrer a dor do remorso. Este é um sentimento que não deve conviver conosco, para que possamos navegar felizes pelas águas da vida.

Embora aceite que o remorso é fruto dos seus feitos no passado, e que prejudicou terceiros, outros sofrem pelo bem que não fizeram. O nosso poeta Mário Quintana foi um desses, ao considerar que muitas vezes perdeu o sono, pelo remorso daquilo que deixou de fazer.

Na verdade, não podemos confundir remorso com arrependimentos, porque não são a mesma coisa. Para Karl Keating, arrependimento é algo salutar, enquanto o remorso é como uma escavadeira na alma, capaz de jogar você numa roda espiritual. Um é apenas um ponto na consciência, enquanto o outro nos leva de volta ao erro anterior, repetidamente.

Às vezes, fico a pensar, como é que poderia Judas, um dos doze discípulos, trair o seu Mestre. Estavam sempre juntos, viajavam juntos, comiam juntos, porém de repente ele decidiu cometer uma ação traiçoeira, quebrando toda a fidelidade entre eles existente. Decidiu entregar Jesus por apenas trinta moedas de prata. Sempre ouvi falar que o dinheiro compra até mesmo o amor verdadeiro.

O escritor gaúcho Erico Verissimo dizia que quando o amor ao dinheiro, ao sucesso, nos envolver, deixando-nos cegos, devemos saber fazer pausas para colher os lírios dos campos e ver as aves do céu.

Ninguém deve ter dito a Judas, o discípulo traidor, que "com o dinheiro podemos comprar muitas coisas, mas não o essencial para nós". Proporciona-nos comida, mas não o apetite; remédios, mas não a saúde; dias alegres, mas não a felicidade.

Pelas moedas de prata, Judas entregou Jesus, porém quando ele viu que um inocente estava sendo condenado, tomado de remorso ele quis voltar atrás, mas já era tarde. Desesperado, jogou as trinta moedas no templo e, tomado pela dor do remorso, colocou fim em sua vida.

Dentro desse contexto bíblico, buscamos as palavras de Davi (Salmos 112:5), onde ele afirma que "feliz é o homem que empresta com generosidade e com honestidade conduz os seus negócios".

A vida é tão curta e passageira que não vale a pena alimentarmos o remorso, sentindo a sua dor, de tudo aquilo que se fez ou se deixou de fazer.

O psicólogo espanhol Rafael Santandreu, comandou uma pesquisa baseada na observação de que a valorização teórica da nossa dependência afetiva não combina com nossas atitudes porque, segundo ele, nosso cérebro está programado para não pensarmos no tempo que nos resta, o que nos induz a acreditar que sempre teremos outras oportunidades.

Mas devemos ter consciência de que nessas oportunidades que virão, vale a pena viver melhor, sem causar nenhum tipo de dano ao nosso próximo, evitando assim, nos dias que nos restam, viver com a dor do remorso.

Não deixe de fazer o bem em vida. Lembre-se de que o remorso é a única dor da alma que o tempo não cura.
Wallace Barbosa

O que é virtual?

Recebi um texto que, por seu belo conteúdo, deve ser repassado, para que muitos possam sobre ele refletir, tirar lições e perceber que temos responsabilidade de ouvir e ajudar aqueles necessitados que estão ao nosso redor. Nele vemos o "virtualismo insensato em que vivemos todos os dias, enquanto a realidade cruel rodeia de verdade, e fazemos de conta que não percebemos":

Entrei apressado e com muita fome no restaurante. Escolhi uma mesa bem afastada do movimento, pois queria aproveitar os poucos minutos de que dispunha naquele dia atribulado para comer e consertar alguns bugs *de programação de um sistema que estava desenvolvendo, além de planejar minha viagem de férias, que há tempos não sei o que são.*

Pedi um filé de salmão com alcaparras na manteiga, uma salada e um suco de laranja, pois afinal de contas fome é fome, mas regime é regime, né?

Abri meu notebook *e levei um susto com aquela voz baixinha atrás de mim:*

— Tio, dá um trocado?

— Não tenho, menino.

— Só uma moedinha para comprar um pão.

— Está bem, compro um para você.

Para variar, minha caixa de entrada estava lotada de e-mails. *Fico distraído vendo poesias, as formatações lindas, dando risadas com as piadas malucas. Ah! Essa música me leva a Londres e a boas lembranças de tempos idos.*

— Tio, pede para colocar margarina e queijo também?
Percebo que o menino tinha ficado ali.
— Ok, mas depois me deixe trabalhar, pois estou muito ocupado, tá?
Chega a minha refeição e junto com ela o meu constrangimento. Faço o pedido do menino, e o garçom me pergunta se quero que mande o garoto ir. Meus resquícios de consciência me impedem de dizer. Digo que está tudo bem.
— Deixe-o ficar. Traga o pão e mais uma refeição decente para ele.
Então o menino se sentou à minha frente e perguntou:
— Tio, o que está fazendo?
— Estou lendo uns e-mails.
— O que são e-mails?
— São mensagens eletrônicas mandadas por pessoas via Internet.
Sabia que ele não iria entender nada, mas a título de livrar-me de maiores questionários disse:
— É como se fosse uma carta, só que via Internet.
— Tio, você tem Internet?
— Tenho, sim, é essencial no mundo de hoje.
— O que é Internet, tio?
— É um local no computador onde podemos ver e ouvir muitas coisas, notícias, músicas, conhecer pessoas, ler, escrever, sonhar, trabalhar, aprender. Tem tudo no mundo virtual.
— E o que é virtual, tio?
Resolvo dar uma explicação simplificada, novamente na certeza de que ele pouco vai entender e vai me liberar para comer minha refeição sem culpas.
— Virtual é um local que imaginamos como algo que não podemos pegar, tocar. É lá que criamos um monte de coisas que gostaríamos de fazer. Criamos nossas fantasias, transformamos o mundo em quase como queríamos que fosse.
— Legal isso. Gostei!
— Mocinho, você entendeu o que é virtual?
— Sim, tio, eu também vivo neste mundo virtual.
— Você tem computador?

— *Não, mas meu mundo também é desse jeito... Virtual. Minha mãe fica todo dia fora, só chega muito tarde, quase não a vejo. Eu fico cuidando do meu irmão pequeno que vive chorando de fome, e eu dou água para ele pensar que é sopa. Minha irmã mais velha sai todo dia, diz que vai vender o corpo, mas eu não entendo, pois ela sempre volta com o corpo. Meu pai está na cadeia há muito tempo. Mas sempre imagino nossa família toda junta em casa, muita comida, muitos brinquedos de Natal, e eu indo ao colégio para virar médico um dia. Isto não é virtual, tio?*

Fechei meu notebook, *não antes que as lágrimas caíssem sobre o teclado. Esperei que o menino terminasse de literalmente* devorar *o prato dele, paguei a conta e dei o troco para o garoto, que me retribuiu com um dos mais belos e sinceros sorrisos que eu já recebi na vida, e com um* Brigado, tio, você é legal!.

Ali, naquele instante, tive a maior prova do virtualismo insensato em que vivemos todos os dias, enquanto a realidade cruel rodeia de verdade, e fazemos de conta que não percebemos.

(Desconhecido)

Percebo que o prato de comida saciou a fome do garoto, porém a atenção que lhe foi dada alimentou a sua alma.

"Brigado, tio, você é legal!"

No final da mensagem, o remetente sugeria que não retivesse o texto, mas o fizesse circular, o que agora faço, na certeza de que ela pode inspirar muitos a darem um pouco do que puderem, para minorar o sofrimento de muitos menores que perambulam pelas ruas da cidade, implorando um pão e nossa atenção.

Quanta lição de bondade nos ensina esse encontro de um pobre garoto com um empresário numa hora de almoço!

De principal, extraí que o mais importante não foi o pão e a refeição doados, mas, sim, a atenção e os ensinamentos que dali redundaram.

Certamente o pobre garoto saiu espiritualmente mais fortalecido com a atenção recebida do que fisicamente com o alimento que lhe foi ofertado.

A borboleta é um ser incrível.
Ela é humilde, sofrida e conhece as mudanças mais profundas desta vida.
Sua missão é ensinar ao mundo que a adversidade pode ser vencida em silêncio.
O frágil pode ser forte;
O feio pode ser belo;
E o desamado se tornar amado.
Ser borboleta é olhar o mundo com mais sentido;
Apreciar o perfume das flores,
Conhecer a importância do tempo,
Saber o valor das pequenas maravilhas que a vida oferece.
É ser admirada, sem perder a simplicidade;
É ser aplaudida, sem se ensoberbecer;
É encantar, sem perder a sua essência.
Ser borboleta é aprender a voar sem desprezar quem está embaixo;
Porque ela sabe melhor do que ninguém que a lagarta que hoje se rasteja pode se tornar a borboleta que voa mais alto amanhã.

Mara Chan

O poder da humildade

Pretendo abordar o tema da humildade no sentido da virtude, que para muitos pode parecer inferior, mas que no final poderemos perceber que ela se revela poderosa. Em nossas andanças pelas estradas da vida, encontramos pessoas orgulhosas e pessoas humildes. É bem fácil identificá-las. As humildes são companhias mais agradáveis, pois agem com simplicidade, assumem suas responsabilidades sem arrogância, prepotência ou soberba.

No século XVIII viveu um dos grandes personagens da história americana, Benjamin Franklin, que gostava de aconselhar: "Ser humilde com os superiores, é obrigação; com os colegas, é cortesia; com os inferiores, é nobreza".

Aprecio muito conviver com crianças, pois são verdadeiros símbolos de humildade, por sua candura e sua pureza.

Olhando a natureza também verificamos que dela podemos tirar lições de humildade. Caminhando numa plantação de milho, podemos verificar que as espigas sem grãos erguem desdenhosamente a cabeça para o céu, enquanto as cheias baixam para a terra.

Deixando o aeroporto de Salvador, percorremos um longo trecho de bambuzal, plantado em ambos os lados da rodovia. Percebe-se que estão curvos com o vento, porém com o passar dos anos, mantém o seu papel, embelezando o caminho.

Tive a oportunidade de conhecer nosso saudoso Ayrton Senna, piloto tricampeão da mais famosa corrida automobilística. Em certa ocasião, depois de mais uma vez vencer, com sua costumeira humildade afirmou: "Para ser honesto, não me sinto uma pessoa tão importante assim para merecer uma festa durante uma noite toda no Brasil".

Há uma fábula, de um autor desconhecido, que conta a história de um camponês que foi perguntar a um monge o que era humildade, ao que o monge respondeu:

— Vá até o cemitério e xingue os mortos e depois volte até mim.

O camponês foi ao cemitério, xingou os mortos com toda veemência e retornou. O monge perguntou:
— Como foi?
— Nada aconteceu; apenas falei mal deles e coloquei minhas raivas para fora.
Então o monge disse:
— Agora volte no cemitério, elogie os mortos e depois volte até mim.

O camponês ficou desconcertado, mas acatou a instrução do sábio. No cemitério, ele elogiou os mortos e então voltou com o monge, que lhe perguntou novamente:
— Como foi?
— Fiz meus melhores elogios e nada aconteceu.
Então o monge explicou:
— Assim é a humildade! Quando lhe xingarem não se sinta ofendido, pois as palavras que saem da boca de outras pessoas não determinam quem você é, e quando o elogiarem não tome como verdade e se envaideça; os elogios também não determinam quem você é, pois você é o que é.

A humildade nos leva a compreender que somos muito pequenos, que nada somos se comparados com o infinito.

Reparando que os convidados para uma ceia escolhiam os primeiros lugares, Jesus os advertiu com mais uma de suas parábolas:

Ao contrário, quando fores convidado, vai sentar-te no último lugar. Quando chegar então aquele que te convidou, ele te dirá: "Amigo, vem para um lugar melhor!" Será uma honra para ti, à vista de todos

os convidados. Pois todo aquele que se exalta será humilhado, e quem se humilha será exaltado.
(Lc. 14:10-11)

Como percebemos, o humilde reconhece suas limitações, procura viver dentro delas, embora com todo o direito de partir na busca da evolução.

Se pegarmos uma nota de dinheiro, podemos amassá-la, dobrá-la ou até mesmo pisar nela, e o interessante é que a nota continua tendo o mesmo valor, continua sendo uma nota. Assim também, aqueles que não conhecem suas limitações procuram mostrar que o seu valor é maior, o mais alto possível, embora não o seja.

Com humildade, podemos construir um mundo melhor, onde todas as pessoas vivem em harmonia, desfrutando da almejada paz.

O segredo da sabedoria, do poder e do conhecimento é a humildade.
Ernest Hemingway

Para viver com plenitude precisamos:

1. Ganhar com humildade
2. Perder com dignidade
3. Adquirir conhecimentos
4. Transmitir os pensamentos
5. Valorizar as pessoas importantes
6. Saber que ninguém é para sempre
7. Ser sempre melhor do que antes
8. Errar com mais frequência
9. Entender o que é experiência
10. Encarar a vida com maturidade, qualquer que seja a sua idade

Erika Auger

A arte de escrever

Buscando uma definição sobre a difícil arte de escrever, vamos constatar que consiste na utilização de sinais para exprimir ideias humanas. A língua portuguesa é maravilhosa, contendo belas palavras à disposição de todos aqueles que se atrevem a escrever.

Pouco conheço do idioma chinês, mas dizem que possui mais de 10.000 caracteres, incluindo os oficiais e os obsoletos, seus traços, ganchos e pontos, enquanto seu dicionário possui mais de 370.000 palavras.

Certo dia, perguntaram ao escritor Gabriel García Márquez:

– Todo mundo sabe para que serve um engenheiro, um arquiteto ou um médico, mas na sua opinião, como escritor, você serve para quê?

O escritor respondeu:

– Eu acho que comecei a escrever quando descobri que não servia para nada do que queriam que eu servisse, como, por exemplo, trabalhar na farmácia do meu pai. E depois, quando comecei a escrever, me agradava que publicassem o que tinha escrito, porque percebi que eu escrevia para que meus amigos gostassem mais de mim. Agora, a verdade é que o fato de escrever obedece a uma necessidade urgente, e quem tem a vocação de escritor tem que escrever, porque só assim vai se livrar das suas dores de cabeça e da sua má digestão.

Também achei muito interessantes as colocações do famoso e incomparável escritor Ariano Suassuna, descrevendo sobre a escassez de alternativas profissionais na sua juventude. Ele limitou as escolhas a partir de três características do candidato: quem gostasse de conta de somar tinha pendor para a matemática e ia ser engenheiro; se preferisse dissecar barriga de lagartixa de manhã, ia ser médico; e se não gostasse de nada, ia ser advogado. Para eliminar qualquer acusação de preconceito, se incluiu no terceiro grupo, para contar, no final, que nunca tinha sofrido tanto até que ouviu um conselho de famoso advogado para que fosse fazer qualquer outra coisa, porque ele também "não servia para fazer aquilo que servia para quem não servia para nada".

Escrever é uma arte, e ela surge ao natural, após muita leitura e muita prática, que são as palavras chave para todo aquele que quiser seguir esse caminho.

Lembro com saudade do tempo em que frequentei o curso de Jornalismo, e procuro guardar até hoje as palavras daquele professor que recomendou que devemos, quando redigir um texto de uma notícia, procurar responder com clareza: quem, o quê, onde, como, quando e por quê.

Sinto imensa tristeza ao ver que as duas maiores livrarias do país estão fechando dezenas de pontos de venda de livros, por falirem. Percebo que o brasileiro vem comprando menos livros, talvez por estar buscando a leitura virtual.

Relembrando nosso poeta baiano Castro Alves, presto minha homenagem aos escritores:

Oh! Bendito aquele que semeia
Livros à mão cheia
E manda o povo pensar!
O livro, caindo n'alma
É germe que faz a palma
É chuva que faz o mar!
    (Castro Alves)

O poeta português Fernando Pessoa dizia: "Se escrevo o que sinto é porque assim diminuo a febre de sentir".

Seguindo nessa linha, podemos assegurar que escrever traz incontáveis benefícios para o corpo e para a mente.

A pesquisadora americana Laura A. King conduziu uma pesquisa com 81 estudantes, que deveriam dissertar sobre o evento mais traumático de suas vidas, o que esperavam de melhor sobre o futuro, uma mistura dos dois tópicos, ou algum tema não emocional. Merece nossa reflexão o resultado obtido: aqueles que escreveram sobre seu melhor futuro, após três semanas de observação, tinham melhoras significativas no humor. E, passado um período de cinco meses, as pessoas que escreveram sobre os traumas também apresentaram melhoras no humor, levando à conclusão de que escrever sobre sentimentos pode trazer benefícios para a saúde emocional.

O ato de escrever melhora nossa saúde mental e é fundamental para a comunicação, seja com o mundo ou apenas com você mesmo.

Escrever a história é um modo de nos livrarmos do passado.
Johann Goethe

Tenho medo de escrever.
É tão perigoso.
Quem tentou, sabe.
Perigo de mexer no que está oculto – e o mundo não está à tona; está oculto em suas raízes submersas em profundidades do mar.
Para escrever tenho que me colocar no vazio.
Neste vazio é que existo intuitivamente.
Mas é um vazio terrivelmente perigoso: dele arranco sangue.
Sou um escritor que tem medo da cilada das palavras: as palavras que digo escondem outras – quais? Talvez as diga.
Escrever é uma pedra lançada no poço fundo.

Clarice Lispector

A poesia mais linda pra mim
É aquela que clama e dói
Fala de tristeza e saudade
E faz chorar a alma do poeta.

Pablo Neruda
(1904-1973);
*poeta e diplomata chileno,
ganhou o Prêmio Nobel da Literatura em 1971.*

Quero apenas cinco coisas...
Primeiro é o amor sem fim
A segunda é ver o outono
A terceira é o grave inverno
Em quarto lugar o verão
A quinta coisa são teus olhos
Não quero dormir sem teus olhos.
Não quero ser... sem que me olhes.
Abro mão da primavera para que continues me olhando.

Pablo Neruda

Última flor do Lácio

O alfabeto é um conjunto de letras, num total de 26, que além do português também é utilizado na escrita de várias outras línguas.

Atribuem a André Dias a utilização de todo o abecedário para, na sua criatividade, descrever um bom amigo. Desprezou no seu trabalho apenas as letras "k", "w" e "y", que são mais empregadas em palavras de origem estrangeira:

A...migo é aquele que
B...riga com você com
C...uidado e que
D...eseja com
E...ntusiasmo sua
F...elicidade, e
G...arante fidelidade para você.
H...umilde é o amigo que
I...ndependentemente de qualquer coisa
J...oga tudo para o alto por você e
L...arga mão de tudo que seja
M...aterial e desnecessário,
N...aturalmente para cumprir sua
O...brigação que é
P...roteger a quem lhe protege, e
Q...uerer bem a quem lhe quer bem.
R...espeitar seu
S...ilêncio calado,
T...ransformando sua vida em uma

Ú...nica motivação para
V...iver.
X...eretando se preciso e
Z...angando-se quando necessário!!!

Como diz o sábio Salomão (Prov. 17:17), o amigo ama em todos os momentos e é um irmão na adversidade.

O alfabeto é usado na língua portuguesa, que hoje está classificada como a quinta mais falada do mundo, com cerca de 300 milhões de falantes. Para homenageá-la, nada melhor do que transcrever o belo soneto do poeta baiano Olavo Bilac, intitulado *Língua Portuguesa*:

Última flor do Lácio, inculta e bela,
És, a um tempo, esplendor e sepultura:
Ouro nativo, que na ganga impura
A bruta mina entre os cascalhos vela...

Amo-te assim, desconhecida e obscura.
Tuba de alto clangor, lira singela,
Que tens o trom e o silvo da procela,
E o arrolo da saudade e da ternura!

Amo o teu viço agreste e o teu aroma
De virgens selvas e de oceano largo!
Amo-te, ó rude e doloroso idioma,

Em que da voz materna ouvi: "meu filho!",
E em que Camões chorou, no exílio amargo,
O gênio sem ventura e o amor sem brilho!

A língua portuguesa foi transportada no passado distante pelos ousados navegadores portugueses. Esse idioma contém palavras belíssimas, é sonoro, suave e muito rico em palavras. A última flor do Lácio é a língua portuguesa, considerada a última das filhas do latim, falada pelos soldados da região italiana do Lácio.

É a nossa língua oficial.

É, sem dúvida, a última flor do Lácio!

O extremo sul de Portugal

Essa região no extremo sul do país é conhecida por todos como o Algarve, que é uma palavra de origem árabe, da expressão "algarbe", que significa "o oeste", "o poente", "o ocidente". Foram os árabes que lhe deram o nome, quando no ano de 711 entraram na Península Ibérica. Foram mais de 5 séculos de influência árabe, que marcaram para sempre os destinos dessa região.

A região do Algarve é um dos destinos mais procurados de Portugal. Ali estive duas vezes, sendo na última por um período superior a dois meses. A região possui uma área territorial de 4.996km², o equivalente a pouco mais de 5% do território português, e um total de 16 municípios, sendo a cidade do Faro a sua capital. A população é inferior a 500 mil habitantes, e é triplicada no verão, com a chegada de turistas de vários países europeus. Sua costa marítima tem 200km, com 100 praias, e algumas delas são consideradas as mais bonitas do mundo. O litoral divide-se em falésias, enseadas, grutas, praias rochosas e amplas faixas de areia de diferentes formas e tamanhos, banhado por águas límpidas, tépidas e tranquilas, onde na sua maioria vemos a bandeira azul.

No Algarve, em todos os momentos temos a grata sensação de que a natureza e a história se entrelaçam.

Tomás Ribeiro (1831-1901), em versos, soube com enorme sensibilidade retratar esse momento. Vamos nos deter em apenas um trecho do seu poema *A Portugal*:

Jardim da Europa à beira-mar plantado

De loiros e de acácias olorosas;
De fontes e de arroios serpeado,
Rasgado por torrentes alterosas,
Onde num cerro erguido e requeimado
Se casam em festões jasmins e rosas:
Balsa virente de eternal magia,
Onde as aves gorjeiam noite e dia.

Foi esse diplomata e político que utilizou, em um de seus poemas, pela primeira vez esta expressão: "Jardim da Europa à beira-mar plantado", que até hoje encanta a todos pela candura e simplicidade de seu estilo.

De carro, no mês de junho, na entrada da estação de verão nesse país, pudemos perceber por inúmeros lugares que visitamos que essa definição cabe bem no Algarve, pois esse pedaço de Portugal é realmente um "jardim da Europa à beira-mar plantado".

Nesse longo período de estada nessa região, muitas belezas naturais pudemos contemplar, pois de fato a natureza foi pródiga. Quase todos os seus 16 municípios estão situados à beira-mar e, de Sagres, observamos aquelas imponentes falésias, de enorme altura, rochosas, separando o mar do continente.

Enquanto redijo este texto, hospedado em um apartamento nas proximidades do aeroporto, ouço pelo menos a cada 10 minutos aviões, procedentes de vários países, trazendo turistas para desfrutarem das belezas naturais do Algarve.

Nada melhor do que encerrar este texto trazendo, junto com meus amigos, mais um trecho do poema acima citado:

Três testemunhas tens, que ao mundo inteiro,
Grandes, hão de levar a tua glória:
Camões, o sol, e o oceano: que o primeiro
Ergueu-te em alto canto a nobre história.

Essas três testemunhas, encantadas com o Algarve, não vão se calar e sempre estarão a repetir: "Jardim da Europa à beira-mar plantado!"

O mar português

A costa marítima de Portugal tem uma extensão de 832 quilômetros, é banhada pelas águas do Oceano Atlântico, que é muito conhecido como sendo o segundo maior em extensão, ocupando um quinto da superfície terrestre.

Portugal tem oitenta ilhas, e apenas vinte são habitadas, porém o grande interesse turístico concentra-se nas Ilhas da Madeira e dos Açores, que são dois arquipélagos autônomos.

Venha comigo e vamos embarcar nessa viagem apaixonante pela costa oeste desse país europeu, com um povo acolhedor, e ver belas praias e outros fenômenos naturais que encantam os nossos olhos. Deus foi muito generoso com esse país ao dar-lhe tantas belezas naturais.

Há quase sete séculos, li e decorei um poema amoroso, cujo início era sobre a beleza do mar, e agora, em um esforço de memória, procuro reproduzir. Desconheço seu autor, mas penso que ele, sentado em uma cadeira à beira-mar, assim como me encontro agora, escreveu:

Do velho oceano
Soprava uma brisa
Com jeito de sonho
E gosto de sal
No meio da brisa
Voavam gaivotas
Seus ágeis volteios

Faziam no céu
Quase puro
Uns traços de giz
Uns traços em curva
Tão belos à vista
Pra quem lá da praia
Olhasse a paisagem
Que mais pareciam
De telas cubistas
Que um vago Picasso
Acaso pintasse

Estive no litoral português durante um prolongado período de três meses. Visitei e percorri diversas praias. Sempre me chamou a atenção o grande número de veranistas embaixo dos guarda-sóis ou tomando banho de um forte sol. Bem poucos dentro da água do mar. Por quê? Fácil de explicar: suas águas são frias, afastando com isso os banhistas.

Certo dia, sentado numa cadeira de bar, à beira-mar, com direito a uma esplêndida visão, fiquei contemplando o azul do mar, lá no infinito se encontrando com o azul do céu. Era o mar e o céu se misturando. Quanta beleza ali concentrada!

Fernando Pessoa (1888-1935) é considerado um dos maiores poetas da língua portuguesa. Dele é a autoria do belo poema *O Mar Português*, no qual, com muito sentimento, ele descreve o que esse Oceano representa na história do seu país:

Ó mar salgado, quanto do teu sal
São lágrimas de Portugal!
Por te cruzarmos, quantas mães choraram,
Quantos filhos em vão rezaram!
Quantas noivas ficaram por casar
Para que fosses nosso, ó mar!
Valeu a pena? Tudo vale a pena

Se a alma não é pequena.
Quem quer passar além do Bojador
Tem que passar além da dor.
Deus ao mar o perigo e o abismo deu,
Mas nele é que espelhou o céu.

Partindo de sua costa marítima, bravos navegadores portugueses, como Pedro Álvares Cabral, Vasco da Gama, Fernando Magalhães, Cristóvão Colombo, entre outros, percorreram o mundo em buscas bem-sucedidas de novas terras, sendo que o primeiro nome citado, no ano de 1500, foi o primeiro com suas caravelas a aportar no Brasil.

Vamos voltar ao poema de Fernando Pessoa, já citado. De todos os seus versos, sempre gostei de me deter no mais famoso, e o utilizei em vários momentos, quer em palestras ou em textos escritos: "Tudo vale a pena quando a alma não é pequena". No poema, essa frase demonstra que, se o objetivo é a grandeza da pátria, não importam os sacrifícios impostos a todos.

Se possível, gostaria de ainda voltar ao mar português, uma viagem que realmente vale a pena.

Podemos viajar por todo o mundo em busca do que é belo, mas se já não o trouxermos conosco, nunca o encontraremos.
Ralph Waldo Emerson

Viajar pela leitura
sem rumo, sem intenção.
Só para viver a aventura
que é ter um livro nas mãos.
É uma pena que só saiba disso
quem gosta de ler.
Experimente!
Assim sem compromisso,
você vai me entender.
Mergulhe de cabeça
na imaginação!

Clarice Pacheco

Os olhos da imaginação

Penso que todos os seres humanos possuem a capacidade de criar imagens mentais e, na medida do possível, cada um tem o direito de pensar além da própria realidade, inovando-a. Esse é um privilégio que recebemos que nos leva ao desconhecido, quer acordados ou em sonhos, em busca de soluções. Para quantos problemas, diria até mesmo inúmeros, encontramos soluções usando a imaginação?

Meus leitores devem ter percebido que aprecio citar passagens bíblicas, por conterem inesgotável sabedoria e orientação espiritual. No livro de Marcos (11:24), lemos: "Portanto, Eu lhes digo: Tudo o que vocês pedirem em oração, creiam que já o receberam, e assim lhes sucederá". Esse crer que já recebeu o que está pedindo é imaginar. Quem tem fé, imagina com a certeza de que sua fé lhe proporciona.

Na história da humanidade é muito fácil constatar que inúmeros seres humanos foram dotados de forte imaginação.

No instante em que redijo este texto, a noite chegou e fui obrigado a acender a lâmpada para poder continuar neste mister. Thomas Alva Edison (1847-1931), o inventor da lâmpada, foi um americano que tinha uma imaginação invejável. Conta-se que foram mais de 1.000 tentativas para que no dia 21 de outubro de 1879 a lâmpada brilhasse por 48 horas seguidas. Foi ali, graças a sua persistência e imaginação, que surgiu a primeira lâmpada incandescente. Vale a pena transcrever aquela que é a sua frase mais famosa: "Nossa maior fraqueza está em desistir. A maneira mais certa de ter sucesso é sempre tentar mais uma vez."

Estudiosos do assunto oferecem algumas sugestões que, uma vez observadas, nos ajudam a melhorar nossa capacidade imaginativa:

- Acredite na sua intuição.
- Desprenda-se de hábitos monótonos que não servem para nada.
- Alimente seu cérebro com bons livros, filmes e jogos.
- Reserve um tempo para que a fantasia possa viajar pela sua cabeça livremente.
- Pense em coisas improváveis.
- Aborde problemas a partir de diferentes perspectivas.
- Tome nota dos seus sonhos mais interessantes.

O poeta português Fernando Pessoa ajuda-nos, com seus versos, a compreender um pouco melhor esse poder, chamado imaginação:

Dizem que finjo ou minto
Tudo que escrevo. Não.
Eu simplesmente sinto
Com a imaginação.
Não uso o coração.
Tudo o que sonho ou passo,
O que me falha ou finda,
É como que um terraço
Sobre outra coisa ainda.
Essa coisa é que é linda.
Por isso escrevo em meio
Do que não está ao pé,
Livre do meu enleio,
Sério do que não é.
Sentir? Sinta quem lê!

Vale a pena conhecermos o pensamento de algumas personalidades famosas sobre esse tema:

- Para Blaise Pascal a imaginação tem todos os poderes: ela faz a beleza, a justiça e a felicidade, que são os maiores poderes do mundo.

- Para Albert Einstein a imaginação é mais importante do que o conhecimento, porque o conhecimento é limitado, ao passo que a imaginação abrange o mundo inteiro.
- Para Napoleão Bonaparte é a imaginação que governa os homens.
- Para Júlio Verne, tudo que uma pessoa pode imaginar, outras transformarão em realidade.
- Para Winston Churchill, a imaginação consola os homens do que não podem ser.
- Para Gustavo Bécquer, a imaginação serve para viajar e custa bem menos.

O passo mais importante na vida de cada um é transformar o que uma imaginação criou numa bela e efetiva realidade.

Todos temos o sagrado direito de sermos levados até onde a imaginação permitir, porém após devemos voltar para a realidade da vida, cheios de atitude.

Agora, vou apagar a lâmpada e me recolher no quarto, na doce tentativa de levar comigo os melhores momentos de imaginação, querendo encontrar os planos e floridos caminhos que me deem a paz e a felicidade.

A melhor maneira de nos prepararmos para o futuro é concentrar toda a imaginação e entusiasmo na execução perfeita do trabalho de hoje.
  Dale Carnegie

Vença com determinação,
use a sua imaginação,
abrace a vida com paixão
e ame com todo seu coração.
Lute por uma boa condição,
faça a diferença na multidão.
É necessário perder com classe,
pois perder também faz parte,
mas desistir é ser covarde.
A nossa vida é uma arte.
Tenha sempre ousadia
pra ficar diante da alegria.
Mas não se esqueça da humildade,
é importante simplicidade.
O mundo pertence a quem se atreve,
não tenha medo de sonhar,
tenha persistência para conquistar.

Brenda A. Cruz

Uma entrevista musical

Encontramos neste texto uma suposta entrevista musical, com vários questionamentos, sendo as respostas dadas através de trechos de músicas bem conhecidas.

1. Quando você nasceu?
Eu nasci há dez mil anos atrás. E não tem nada neste mundo que eu não saiba demais.

2. Onde você mora?
Moro num país tropical, abençoado por Deus e bonito por natureza...
Que beleza!

3. Que conselho você daria para as pessoas desanimadas?
Canta, canta, minha gente, deixa a tristeza pra lá.
Canta forte, canta alto,
que a vida vai melhorar.
Que a vida vai melhorar,
que a vida vai melhorar.

4. Quais são seus sonhos?
Os sonhos mais lindos sonhei,
de quimeras mil um castelo ergui,
e no seu olhar, tonto de emoção,
com sofreguidão mil venturas vivi.

5. Como consegue manter viva a esperança de um mundo melhor?
É o amor, que mexe com minha cabeça e me deixa assim.

6. Uma meta na vida?
Eu quero ter um milhão de amigos e bem mais forte poder cantar.

7. Durante a quarentena a quem você recorreu?
Jesus Cristo!
Jesus Cristo!
Jesus Cristo, eu estou aqui.

8. Qual seu conselho a quem tem medo?
Segura na mão de Deus, segura na mão de Deus, pois ela, ela te sustentará.

9. Quando você era jovem, qual era o seu objetivo?
Nessa longa estrada da vida
vou correndo e não posso parar
Na esperança de ser campeão
alcançando o primeiro lugar.

10. E hoje, com mais experiência, como você encara a vida?
Ando devagar
Porque já tive pressa
E levo esse sorriso
porque já chorei demais
Hoje me sinto mais forte
Mais feliz quem sabe
Só levo a certeza
de que muito pouco eu sei
Eu nada sei.

11. O que você espera do futuro?
Viver
e não ter a vergonha
de ser feliz
Cantar e cantar e cantar
a beleza de ser
um eterno aprendiz.

(Desconhecido)

A música expressa o que não pode ser dito em palavras mas não pode permanecer em silêncio.
Victor Hugo

O segredo do sucesso na vida de uma pessoa reside na sua persistência,
na sua perseverança, na sua vontade incontrolável de conquistar seus objetivos.
Por isso, nunca desista de seus sonhos.
Nunca desista de viver. Nunca desista de amar.
O melhor momento para se ver as estrelas é durante a escuridão.
Quando tudo parecer escuro e sombrio na sua vida, olhe para a beleza das estrelas,
e se guie pelo seu brilho, rumo a um novo amanhecer.
Nunca desista de recomeçar.
Nunca desista, nunca desista.

Manoel Monteiro

Um ser persistente

Todos nos deparamos, na estrada da vida, com muitos obstáculos a serem vencidos. Porém, somente aqueles possuidores da verdadeira persistência é que conseguem chegar ao final com sucesso. Muitos se perdem no caminho, e até mesmo diante do primeiro buraco caem nele, e ali se acomodam, sem nenhum desejo de sair.

Lembro-me do meu tempo de juventude, lendo os romances de José de Alencar, que muito apreciava. Li várias de suas obras, e se adquiri o amor pela leitura, muito devo a esse escritor cearense, que nos ensina que o sucesso nasce do querer, da determinação e persistência em chegar a um objetivo. Mesmo não atingindo o alvo, quem busca e vence obstáculos, no mínimo fará coisas admiráveis.

O pequeno poema, *Continue a Nadar*, de autoria de Talita Rodrigues Nunes, nos ensina que na vida nós não podemos parar; temos que dar tantas braçadas quantas forem necessárias para vencer os obstáculos e chegar em terra firme, alcançando nossos objetivos. Ao ler esse poema, fui levado a pensar que muitos, nas águas profundas da vida, se não continuarem a nadar, vão acabar se afogando e perecendo, quando muitas vezes vale um pouco mais de persistência para chegarem em terra firme, onde moram a alegria e a felicidade.

Quando a dificuldade surgir
e der vontade de desistir
Tenha paciência e muita persistência
Continue a nadar...
Se uma pedra aparecer

e o impulso for de bater
Lembra que podes tropeçar
E continue a nadar...
Pode acontecer
de a vida te surpreender.
Aproveite para aprender
e continue a nadar...
Seguir em frente
é uma atitude inteligente.
A gente não pode parar.
Continue a nadar!

Com muita facilidade, se formos buscar na história, certamente vamos encontrar muitos seres humanos que tiveram a persistência necessária para nos legar dádivas maravilhosas, que trazem a todos conforto e bem-estar.

Dentre eles, ouso citar o norte-americano Bill Gates, o bilionário fundador da Microsoft, a mais conhecida empresa de *software* do mundo. Em seus pronunciamentos gostava de afirmar: "Se você nasce pobre não é seu erro, mas se você morre pobre, é seu erro". Com isso, queria dizer que na vida todos têm o dever de progredir, usando seus talentos com persistência. Com apenas 13 anos, ele já trabalhava como programador numa escola privada.

Somos levados a concordar que o talento e a experiência são importantes, porém a característica principal para sermos bem-sucedidos é a persistência. Ninguém, se não for persistente para enfrentar os obstáculos da vida, vai alcançar os seus objetivos.

A palavra *desistir* devia ser extraída do dicionário de nossa vida. Desistir nunca! Essa deve ser a nossa meta. Vamos evitar usar a frase: "Eu sou incapaz de fazer isso". É diante dos nossos erros e dos nossos fracassos que, com persistência, aprendemos a ser mais fortes. O bom é procurar caminhar sempre em frente, imbuídos da força mágica chamada persistência, vencendo todos os obstáculos para alcançar os nossos objetivos.

Dar o melhor de si

Era 1948. Há pouco tinha acabado a Segunda Guerra Mundial, que envolveu a maioria das nações do mundo, na qual milhões de pessoas perderam suas vidas no campo de batalha, em um dos acontecimentos mais dolorosos da história da humanidade. O Brasil participou dessa guerra, enviando soldados brasileiros para os campos de batalha da Itália, para lutarem contra os nazistas.

Tenho um amigo, de quase 90 anos, que participou dessa guerra e gosta de destacar a fibra demonstrada pelos nossos soldados. Os que não voltaram, dormem o sono tranquilo dos bravos. Repetindo os versos sensíveis do imortal Camões:

Cá durará de ti perpetuamente
A fama, a glória, o nome e a saudade.

Terminada essa guerra, as nações se uniram, e divulgaram a Declaração Universal dos Direitos Humanos, sendo que seu artigo 1º está assim redigido:

Todos os seres humanos nascem livres e iguais, em dignidade e em direitos.

Quem lê e procura entender, logo conclui que, lamentavelmente, é uma utopia, pois uma declaração que deveria ser o primeiro passo das relações humanas, ainda está bem longe de acontecer.

Todos nascem livres e iguais, mas a verdade é que impera na sociedade uma enorme desigualdade. Cada um pensa apenas em si.

É cada vez mais difícil encontrar pessoas que procuram ajudar o seu próximo. Somos cercados de pobres e necessitados, que para sobreviverem precisam do nosso apoio. Vale a pena lembrar as palavras do próprio Senhor Jesus, que disse: "Há maior felicidade em dar do que em receber". (Atos 20:35)

Se não tivermos recursos financeiros, podemos dar um pouco do nosso tempo, com a certeza de que estaremos contribuindo para aliviar a dor e a necessidade do próximo.

Ao publicar o meu segundo livro, dei-lhe o título *Dar de Si*, inspirado no lema de um clube de serviço: "Dar de Si, antes de Pensar em Si". Nele, procurei estimular a responsabilidade que todos temos, vivendo em sociedade, de ajudarmos aqueles que mais necessitam. Doando, definimos o nosso caráter e temos a oportunidade de trazer um pouco de luz a esse mundo tão escuro.

Que estejamos presentes em memórias alheias.
Que alguém já distante se lembre do nosso sorriso e se sinta acolhido.
Que o nosso bem faça bem ao outro.
Que sejamos a saudade batendo no peito de uma velha amizade.
Que sejamos o amor que alguém nunca esqueceu.
Que sejamos um alguém que sorriu na rua e o desconhecido encantou-se.
Que sejamos, hoje e sempre, uma coisa boa que mora dentro de cada um que passou por nós.

Trata-se de um poema iluminado de Camila Costa, que demonstra que qualquer um pode, mesmo sem nenhum recurso financeiro, dar o melhor de si em favor de seu semelhante. O sábio Salomão, em sua invejável sabedoria, já afirmava que "o generoso prospera, quem dá alívio aos outros, alívio receberá". (Prov. 11:25)

É comovente a história da adolescente Anne Frank. Com apenas 15 anos foi levada pelos nazistas para um campo de concentração. Um ano depois, tiraram-lhe a vida. Durante esse período de sofrimento, ela escreveu seu diário, que se tornou um dos mais tristes documentos que se conhece. É ali que encontramos a frase que ainda hoje ressoa por todos os cantos do mundo:

Apesar de tudo eu ainda acredito na bondade humana.

Que esse espírito de bondade toque os nossos corações, e que cada um jamais deixe de "dar o seu melhor", seja em que momento for, e a recompensa chegará. A felicidade encontra-se mais no dar do que no receber.

Deve-se doar com a alma livre, simples, apenas por amor, espontaneamente.
Martinho Lutero

O pior dos sentimentos é a indecisão.
É a sensação de dúvida, de incerteza.
É não saber que rumo tomar, que escolha fazer, que caminho seguir.
É você não saber até que ponto vale a pena, se você já fez tudo o que podia ou se tem que lutar mais.
É você não ter certeza do que você quer ou, pior, não ter certeza do que a outra pessoa quer.
O pior dos sentimentos é a indecisão; é ela que coloca em dúvida todas as certezas que você achava que tinha, todas as verdades em que você acreditava e todo o caminho que você seguia.
A indecisão é sinônimo de dúvida, e é a dúvida que costuma fazer você escolher sempre os piores caminhos por parecerem mais fáceis.
Mas os melhores caminhos são os mais difíceis, são os que nos fazem dar valor no que temos, no que conquistamos.

Bárbara Flores

O terror da indecisão

É bem difícil conviver com pessoas indecisas, que não sabem escolher, na hora, o que querem. Muitas pessoas ficam diante de seu guarda-roupas tentando decidir o que vão vestir.

O mundo em que vivemos é muito complicado, e no nosso dia a dia incontáveis vezes temos que tomar, de imediato, algumas decisões. Vejo que os decididos olham para frente, os indecisos para os lados, enquanto os fracassados olham para trás. Por isso que alguém escreveu que "os indecisos pensam, os fracos desistem, mas os fortes continuam até conquistar".

Quando uma pessoa tem que decidir e se pede sua opinião, é muito desagradável ouvi-la afirmar:

- "o que vocês quiserem"
- "vocês decidem"
- "para mim tanto faz"

Durante a corrida eleitoral, muitas vezes perguntamos aos amigos em quem vão votar, e recebemos aquela resposta desagradável: "estou indeciso". No fim, anulam seu voto, não comparecem ou votam mal.

Devemos concordar que

Quem pensa muito, acaba desistindo
Quem pergunta muito, acaba ficando confuso.
Quem é muito indeciso, nem sempre acerta no final.
    (Juliane Rosso)

A psicóloga brasileira Luzia Lobato relacionou alguns sinais que indicam a presença da indecisão em nossa vida.
Vejamos:

- Demorar para tomar decisões simples, como o que comer e que roupa usar para o dia.
- Somente a ideia de tomar uma decisão causa ansiedade.
- Demorar para tomar decisões grandes, que podem mudar o curso da vida.
- Dificuldade para se impor em situações.
- Pedir constantemente por conselhos antes de tomar uma decisão.
- Arrepender-se após fazer uma escolha.
- Passar horas pensando se aquela foi uma boa ideia ou não.
- Fazer comparações constantes.

Quando vemos alguém acomodar-se "em cima do muro" e deixar de tomar uma decisão, seja ela qual for, dá-nos a vontade de derrubar esse muro, para que aquele que ali se postou caia no chão e logo decida.

É oito ou oitenta,
Cala ou grita,
Vai ou fica.
Pois de incerto aqui na Terra
Já basta o tempo de vida.
    (Desconhecido)

Comenta-se que a indecisão é um terror maléfico para a saúde de toda a criatura humana.

O médico e escritor brasileiro Drauzio Varella, que se tornou famoso em suas aparições na TV, declara que "a pessoa indecisa permanece na dúvida, na ansiedade, na angústia. A indecisão acumula problemas, preocupações e agressões. A história humana é feita de decisões. Para decidir é preciso saber renunciar, saber perder vantagens e valores para ganhar outros."

A carioca Cecília Meireles, poeta e escritora, dá-nos um bom recado sobre esse tema:

É difícil para os indecisos.
É assustador para os medrosos.
Avassalador para os apaixonados!
Mas, os vencedores no amor são fortes.
Os que sabem o que querem e querem o que têm!
Sonhar um sonho a dois,
E nunca desistir da busca de ser feliz,
É para poucos.

Resumindo, somos forçados, ao relembrar alguns momentos da vida, que no momento de decidir fomos tomados pela indecisão e, diante disso, acabamos perdendo várias oportunidades de concretizar boas realizações.

Na vida devemos, na realidade, procurar revogar aquela maldita lei: "Quer, mas não quer".

O importante de tudo é cada um confiar na sua capacidade e procurar, com as cautelas necessárias, tomar todas as decisões que não podem esperar, sempre na busca da felicidade.

Quando surgirem os obstáculos, mude a sua direção para alcançar a sua meta, mas não a decisão de chegar lá.
Desconhecido

A indecisão machuca.
É titubear entre sofrer e sorrir
É se equilibrar entre passado e superação
É ter vontade e medo
Ter coragem e incerteza
Achar o feio, uma beleza
E fazer do exato, contradição.
É ser sonho e desilusão
Ser amor e indiferença
Fazer sentir sua presença
sem ferir o coração.

Laís Vasconcelos

Titanic, nem Deus afunda

A fundou! O Titanic era, na sua época, o navio de cruzeiro mais luxuoso e seguro do mundo. O acidente ocorreu quando ele colidiu com um *iceberg*, no Oceano do Atlântico Norte, e afundou em sua primeira viagem.

Embora tenha decorrido mais de um século desde o acidente, com frequência esse evento é relembrado. Filmes e livros foram inspirados nesse acontecimento, um triste momento da história da humanidade.

O nome do navio provém de *titãs*, entidades descomunais da mitologia grega. De fato, o Titanic afundou por uma sucessão de erros, a saber:

- Uma correnteza do mar levou o Titanic para longe do curso de navegação que havia sido traçado.
- A falha nos equipamentos de comunicação impediu que o socorro fosse chamado a tempo.
- O navio não tinha boias suficientes para nem metade daqueles que estavam a bordo.

Com muita frequência, tomamos conhecimento de acidentes com máquinas, em princípio seguras, fabricadas por mãos humanas. Afundam, caem, colidem, descarrilam e assim vai, mostrando que o homem não tem nem terá o domínio absoluto naquilo que pretende inventar e fabricar.

Assim nos alerta o salmista Davi: "É melhor confiar no Senhor do que confiar no homem". (Salmos 118:8)

Nem Deus afunda... Pergunta-se quem teria proferido essas palavras desafiadoras, duvidando de um poder maior. Alguns as atribuem a um funcionário que trabalhou na construção do navio e, após vê-lo pronto, pronunciou essa frase. Aqueles que assistiram ao filme *Titanic*, de enorme sucesso de bilheteria, podem observar que ela se encontra no enredo.

Embora se saiba que tudo acontece no tempo e conforme a vontade de Deus, devemos sempre confiar em Sua infinita sabedoria. Se Deus é amor, não podemos em nenhum momento acreditar que Ele, em represália, tenha decidido pelo naufrágio desse luxuoso navio e tirado a vida de centenas de seres humanos. Como vimos, esse acidente ocorreu por falhas humanas, pelo excesso de confiança de que o transatlântico era inafundável, pois assim fora construído.

Para o escritor gaúcho Caio Fernando Abreu:

A vida é curta
O amor é raro, aproveite
O medo é terrível, enfrente
As lembranças são doces, aprecie.

Segundo registros, pereceram nesse naufrágio 1.514 passageiros. Um número muito elevado, pois os botes salva-vidas não eram suficientes para recolher todos os que estavam no transatlântico. Houve muita imprudência, pois não cuidaram desse detalhe, na falsa certeza que tinham de que o navio era inafundável.

Todos sabemos que o dia que nasceu foi o primeiro para uns e o último para outros que ali navegavam. Uma verdade deve ser ressaltada: para a maioria dos habitantes do mundo, aquele foi somente um dia a mais.

Concordo que a vida é muito curta, que vivemos poucos anos e todos gostariam de viver por mais tempo. O filósofo Sêneca aconselhava: "Apressa-te a viver e pensa que cada dia é por si só uma vida". Mesmo embarcando nas perigosas naus da vida, devemos viver o hoje, pois o ontem já se foi, e amanhã podemos naufragar ou talvez nem o tenhamos. Assim, o bom mesmo é viver o hoje, da melhor forma possível, aproveitando cada minuto da vida com amor e paz, na doce expectativa de que Deus, com seu poder e amor, fará submergir nas profundas águas do mar da vida todos os males que nos afligem.

Nas igrejas evangélicas é cantado o hino *Mestre, o Mar se Revolta*, cuja letra foi escrita pela americana Mary Ann Baker (1831-1881), inspirada na passagem bíblica que relata quando Jesus, diante do temor de seus discípulos, acalmou a tempestade.

Mestre, o mar se revolta,
As ondas nos dão pavor;
O céu se reveste de trevas,
Não temos um Salvador?
Não se te dá que morramos!
Podes assim dormir,
Se a cada momento nos vemos
Já prestes a submergir?

Coro:
As ondas atendem ao teu querer: "Sossegai".
Seja encapelado o mar,
A ira dos homens, o gênio do mal,
Tais águas não podem a nau tragar,
Que leva o Mestre do céu e mar.
Pois todos ouvem o teu mandar: "Sossegai! Sossegai!"
Pois todos ouvem o teu mandar: "Paz, não temais!"

Mestre, tão grande tristeza
Me quer hoje consumir;
A dor que perturba minh'alma,
Eu peço-te vem banir!
De ondas do mal que me encobrem

Quem me fará sair?
Eu pereço sem ti, ó meu Mestre,
Depressa vem me acudir!

Mestre, chegou a bonança,
Em paz eis o céu e o mar!
O meu coração goza calma
Que não poderá findar!
Fica comigo, ó Mestre,
Dono da terra e do céu,
E assim chegarei a bom porto,
Sem mais vaguear ao léu.

Vendo a grande repercussão ocorrida, Mary confessou: "Me surpreende muito que este humilde hino tenha atravessado os mares e sido cantado em terras bem distantes, para honra do nome do meu Salvador".

A estrada da vida é longa, mas é percorrida rapidamente.
Carlos Slim

Não tenho nada a oferecer
a não ser sangue, trabalho,
lágrimas e suor.

WINSTON CHURCHILL
(1874-1965);
militar e escritor britânico, serviu como Primeiro-Ministro durante a Segunda Guerra Mundial.

Por sua habilidade com as palavras, que lhe rendeu o Nobel de Literatura, Churchill foi capaz de construir frases que ainda hoje repercutem e são ditas:

- "Você tem inimigos? Bom. Significa que você brigou por algo, alguma vez na vida."
- "Os problemas da vitória são mais agradáveis que os problemas da derrota, mas não menos difíceis."
- "Fanático é aquele que não consegue mudar de opinião e não aceita mudar de assunto."
- "As árvores solitárias, quando conseguem crescer, crescem fortes."
- "O sucesso consiste em ir de fracasso em fracasso sem perder o entusiasmo."
- "A história será gentil comigo, já que eu pretendo escrevê-la."
- "A política é a habilidade de prever o que vai acontecer amanhã, na semana que vem, no mês que vem e no ano que vem. E ter a habilidade de explicar depois por que nada daquilo aconteceu."

Espantando a tristeza

Quando eu era menor de idade, e já faz tempo, diversas vezes fui ao parque de diversões, sempre preferindo a roda gigante dentre os brinquedos, pela emoção que ela oferecia, ora lá em cima, ora lá embaixo.

Ouso comparar a vida como sendo uma roda gigante, onde ora estamos por cima, ora por baixo. Ora alegres, ora tristes. O sábio Salomão tinha inteira razão ao afirmar que "para tudo há uma ocasião certa; tempo de chorar e tempo de rir, tempo de prantear e tempo de dançar". (Ecl. 3:1-4) Vejo nesse versículo uma roda gigante, ora lá em cima, ora lá embaixo.

Todos, sem nenhuma exceção, vivem esses dois momentos. A tristeza é um sentimento que nasce e nos leva à falta de ânimo para a realização de nossas obrigações. Com ela a alegria foge e deixamos de usufruí-la perante as coisas da vida.

Para os especialistas, a tristeza é um dos seis sentimentos fundamentais de todo ser humano. Além dele temos a felicidade, a raiva, o medo, a repulsa e a surpresa. Eles afirmam que a tristeza, dentre todas as citadas, é a mais duradoura. É a resposta a algo que acontece em nossa vida ou ao nosso redor. Quando esse indesejado sentimento surge, ele permanece sempre por mais tempo do que os outros.

Tem razão quem afirmou que "tristeza não tem fim, felicidade sim". Bom é termos sabedoria suficiente para usarmos em todos os momentos da nossa vida, e sabermos bem administrá-los, não nos deixando abater, para que na alegria e na tristeza possamos viver uma vida normal.

Ninguém gosta de conviver com pessoas tristes, que preferem ver o lado negativo da vida, que preferem murmurar e relembrar passagens desagradáveis da vida. Já bastam os nossos problemas e devemos ser poupados de carregar os dos outros.

Para o inesquecível Vinícius de Moraes:

É claro que a vida é boa
E a alegria a única indizível emoção
É claro que te acho linda
E a ti bendigo o amor das coisas simples
É claro que te amo
E tenho tudo para ser feliz
Mas acontece que eu sou triste.

Faltou alguém que assoprasse no ouvido desse nosso brilhante músico e poeta aquelas palavras de um desconhecido: "Nunca deixe que as tristezas do passado e as incertezas do futuro estraguem as alegrias do presente". Meu caro Vinícius, claro que a vida é boa. Claro que a vida é bela!

É inevitável que a tristeza, em certos momentos da vida, tome conta de nossos corações. Ninguém é insensível diante da morte de alguém próximo, de uma separação e até mesmo de uma grande decepção ou de eventos desagradáveis. Tudo isso me leva a relembrar aquele provérbio árabe que diz que a árvore, quando está sendo cortada, observa com tristeza que o cabo do machado é de madeira.

Diante das palavras encontradas nas Escrituras Sagradas podemos verificar que a tristeza pode e deve ter fim. "Em verdade, em verdade, vos digo que chorareis e vos lamentareis, e o mundo se alegrará, vocês se entristecerão, mas a tristeza de vocês se transformará em alegria." (João 16:20)

Nunca deixe que as tristezas do passado e as incertezas do futuro estraguem as alegrias do presente.
Desconhecido

Evite revidar

Sempre, com todas as nossas forças, procuramos revidar qualquer ofensa que sofremos. Essa é uma reação normal de todo ser humano. Porém, muitas vezes devemos dar uma parada e analisar se de fato temos razão para revidar, ou melhor, se não convém recolhermos as nossas forças diante da nefasta possibilidade de levarmos a pior.

Sempre gostei da história daquela cobra que em determinada ocasião entrou em uma carpintaria e acabou sendo ferida, enquanto rastejava, por um serrote. Como ela não se conformou, mordeu o serrote. E foi mais além, pois ao pensar que o serrote era seu inimigo, decidiu enrolar-se em sua volta, na vã expectativa de sufocá-lo, pois assim sairia vitoriosa, apertando-o com todas as suas forças. O resultado foi terrível, pois a cobra perdeu a parada e, como era de se esperar, acabou morrendo em decorrência de suas próprias ações.

Assim também é em nossa vida. Muitas vezes temos que saber até onde poderemos lutar contra as adversidades. Algumas são imbatíveis e nós não teremos forças suficientes para vencê-las. Temos que ir sempre em frente, porém sem querer lutar com todos os serrotes com os quais nos depararmos em nossos caminhos.

Até gostaria de chegar para essa cobra e alertá-la contra esse desejo de matar o serrote, pois ela certamente sairia perdendo. "Vá com calma, desista de suas intenções. Quem sabe o desejo de sufocar o serrote vai passar e aí, quem sabe, você vai continuar vivendo. Não morra por sua infundada raiva. Busque outras alternativas."

Assim também muitos de nós preferem prosseguir nessa disposição de enfrentar momentos desfavoráveis, e querem que eles venham, e falsamente nos deem a glória da vitória.

Alguém, com sabedoria nos aconselha que "quando falarem mal de você, não revide. As pessoas quando estão inflamadas pela raiva, tendem a falar coisas pra te diminuir, pelo simples fato de sentirem-se melhor com isso... Se rebaixar a esse nível, deixar com que isso penetre no seu coração, só te fará mal... Apenas se cale, deixe pensarem o que quiserem de você. O tempo se encarregará de mostrar a cada um a sua verdade."

O sábio Salomão, na distante antiguidade, também nos aconselhava, afirmando que "a mágoa adoece o corpo e mata a sua alma. A resposta branda desvia o furor, mas a palavra dura suscita a ira." (Prov. 15:1)

Concordo que na vida, a cada dia que passa, temos muito a aprender. Bom seria tirarmos algumas lições que podem nos ajudar a enfrentar as dificuldades que se interpõe em nossos caminhos.

Evite revidar.

Revidando, corremos o risco de sairmos perdendo. Com calma, vamos procurar absorver, para o nosso próprio bem, as maldades que surgirem. E, quando possível, vamos trocar o mal recebido pelo bem.

A alma corajosa não é aquela que se dispõe a revidar o golpe recebido, mas sim aquela que sabe desculpar e esquecer.

Emmanuel

Os sonhos, são sonhos

O sonho sempre foi um dos temas preferidos dos psicólogos. As reflexões sobre o sonho vêm desde muito antes da nossa era. Tenho muitos sonhos, mas é uma pena a rapidez com que deles nos esquecemos. Detendo-me nos meus sonhos, posso afirmar que eles refletem fielmente tudo aquilo que ocupa a nossa mente.

Para o psiquiatra e escritor Augusto Cury, "sem sonhos a vida não tem brilho. Sem metas, os sonhos não têm alicerces. Sem prioridades, os sonhos não se tornam reais." Sonhe, diz ele, "trace metas, estabeleça prioridades e corra riscos para executar seus sonhos. Melhor é errar por tentar do que errar por omitir."

Que é a vida? Um frenesi.
Que é a vida? Uma ilusão,
uma sombra, uma ficção;
o maior bem é tristonho,
porque toda a vida é sonho
e os sonhos, sonhos são.
    (Calderón de La Barca)

Bom também é acordar e construir sonhos acordados!

Quais são os seus sonhos para a vida? Algum sonho ou desejo de conquistar, todos nós devemos ter. É um desperdício deixarmos o tempo passar e não lutarmos por um objetivo. Na vida existem muitas metas a serem alcançadas. Durante a pandemia, o Serviço de Proteção ao Crédito – SPC listou os sonhos de consumo dos brasileiros: viagens e aquisição de carros. Escolha a sua meta e lute para alcançá-la!

Na verdade, cada sonho exige um grau de esforço e diferentes ações. Para alcançar a meta que estabelecemos, a perseverança é indispensável. O caminho para realizar um sonho pode ser longo, muitas vezes com obstáculos que devemos superar.

O poeta português Fernando Pessoa utilizou o tema em vários de seus poemas. Abaixo segue um deles, intitulado *Entre o Sono e o Sonho*, no qual ele descreve o sonho como autêntica maneira de empregar o tempo e viver a vida:

> *Entre o sono e o sonho,*
> *Entre mim e o que em mim*
> *É o quem eu me suponho,*
> *Corre um rio sem fim.*
> *Passou por outras margens,*
> *Diversas mais além,*
> *Naquelas várias viagens*
> *Que todo o rio tem.*
> *Chegou onde hoje habito*
> *A casa que hoje sou.*
> *Passa, se eu me medito;*
> *Se desperto, passou.*
> *E quem me sinto e morre*
> *No que me liga a mim*
> *Dorme onde o rio corre –*
> *Esse rio sem fim.*

Cada ser humano deve ter um ou mais sonhos, e lutar com todas as forças necessárias para realizá-los. Como é bom ver alguém afirmar que tem um sonho e que vai conquistá-lo! "Vou ser médico", dizem alguns, porém bem sei das lutas ao longo de anos para concluir o curso e, depois, colocar em prática os ensinamentos que adquiriu para, no exercício dessa bela profissão, procurar aliviar as dores de seus pacientes.

Concretizar um sonho sempre envolve dedicação, e por vezes sacrifícios e renúncias, mas como é bom termos nossos sonhos realizados!

Tom Fitzgerald já dizia que "se podemos sonhar, também podermos tornar nossos sonhos realidade".

Vamos nos dedicar para que possamos efetivamente viver os nossos maiores e melhores sonhos acordados.

Os sonhos, são sonhos.

Qualquer coisa que você possa fazer ou sonhar, você pode começar. A ousadia tem genialidade, poder e magia em si.
John Anster

Deus permita que eu envelheça com ternura.
Que eu continue a lembrar dos meus tempos de infância,
de quanto fui feliz na minha mocidade,
quando eu não andava, mas flutuava,
dançando pela vida... em pura alegria.
Ah!!! Quantas saudades eu sinto!
Tudo quero guardar na lembrança
da criança e mocinha que fui!
As brincadeiras divertidas onde não havia maldade,
era somente felicidade!
Até em tempos de dificuldades, de tudo se achava graça.
Não quero esquecer de quem comigo esteve
em todas as horas
e dos meus filhos e netos.
Já consigo me ver velhinha
com uma bengalinha, a saracotear por aí.
Feliz como sempre,
ao lado dos que me são importantes.
Contando minhas histórias
e rindo dos instantes
em que eu dançava na rua.

Irma Jardim

O evangelho da ternura

Tenho esta como uma das palavras mais belas da língua portuguesa: ternura. Porém, é mais belo ainda quando ela é colocada em prática.

Aprecio muito conviver com crianças, pois é principalmente nelas que a ternura reside. Na sua ingenuidade, veem apenas a paz e o amor ao seu redor. Essa virtude é praticada por todas as crianças, e temos muito com elas a aprender.

Charles Chaplin escreveu: "Pensamos demasiadamente e sentimos muito pouco. Necessitamos mais de humildade do que de máquinas. Mais de bondade e ternura do que de inteligência. Sem isso, a vida se tornará violenta e tudo se perderá." Procure conviver com uma criança, e tudo isso ela vai lhe ensinar.

Tenho seis netos, sendo alguns ainda pequenos e procurando aprender para crescer e enfrentar o nosso mundo, onde a virtude da ternura é muito pouco praticada. Como todas, são crianças amáveis, afetuosas e de uma delicadeza que sempre me encanta.

Não precisamos buscar a definição de ternura nos dicionários, pois ela está bem próxima de nós, no dia a dia e no convívio com as crianças.

Encontramos na obra *Teologia da Ternura – Um Evangelho a Descobrir*, de Carlo Rocchetta, um belo e profundo texto sobre essa virtude, que invade o coração dos apaixonados, levando-os a proceder, em todos os seus atos e pensamentos, com enorme meiguice:

A ternura é o dinamismo fundamental que exprime todas as dimensões do amor. A ternura é a contemplação do ser amado, é entrega generosa e totalizante, é revelação do coração, é abertura da intimidade. Ela exprime o encantamento pelo outro, é disposição de intimidade. É a expressão do amor que envolve mais espontaneamente a totalidade do ser, na generosidade gratuita da entrega ao outro. Onde não houver ternura, dificilmente haverá amor.

Por vezes surgem momentos nos quais é impossível demonstrar afetuosidade. Isso pode ocorrer no exercício de algumas profissões. O escritor americano Harold Lyon faz um breve comentário do tempo em que ele, como oficial, serviu o exército de seu país:

... a dureza se transforma em um modo de vida para os homens no ambiente militar, no governo, na política e em muitas outras áreas, onde a tendência é repudiarmos a nossa ternura. Ainda mais quando se é ridicularizado, rejeitado ou desvalorizado de qualquer outra forma nessa sociedade agressiva.

Creio que nem todos concordam com essas colocações, pois na vida o ser especial é aquele cuja força interior brilha intensamente diante de qualquer profissão, e a ternura, diante de seus atos, nunca é afastada.

Para os teólogos, a ternura equipara-se à caridade, pois os seus atributos são semelhantes para o apóstolo Paulo (I Cor 13):

- A ternura é generosa.
- A ternura tudo dá.
- A ternura tudo faz pelo bem do outro.
- A ternura tudo desculpa.
- A ternura tudo perdoa.

Resolvi, depois de alguns minutos, deter-me em cada um desses atributos, e com muita facilidade concluí que uma vez colocada em prática essa virtude em todos os momentos da nossa vida, teremos encontrado aquele caminho que todos querem trilhar em busca da felicidade. Esse é o evangelho da ternura!

Se eu pudesse deixar algum presente a você, deixaria aceso o sentimento de amar a vida dos seres humanos. A consciência de aprender tudo o que foi ensinado pelo tempo afora. Lembraria os erros que foram cometidos para que não mais se repetissem. A capacidade de escolher novos rumos. Deixaria para você, se pudesse, o respeito àquilo que é indispensável. Além do pão, o trabalho. Além do trabalho, a ação. E, quando tudo mais faltasse, um segredo: o de buscar no interior de si mesmo a resposta e a força para encontrar a saída.

MAHATMA GANDHI
(1869-1948);
líder pacifista indiano, lutou pela independência de seu país.

Algumas frases marcantes de Mahatma Gandhi:

- Felicidade é quando o que você pensa, o que você diz e o que você faz estão em harmonia.
- O fraco nunca pode perdoar. Perdão é um atributo dos fortes.
- Um não dito com convicção é melhor e mais importante que um sim dito meramente para agradar, ou, pior ainda, para evitar complicações.
- Assim como uma gota de veneno compromete um balde inteiro, também a mentira, por menor que seja, estraga toda a nossa vida.
- Nunca perca a fé na humanidade, pois ela é como um oceano. Só porque existem algumas gotas de água suja nele, não quer dizer que ele esteja sujo por completo.
- Quando me desespero, eu me lembro que durante toda a história o caminho da verdade e do amor sempre ganharam. Tem existido tiranos e assassinos e por um tempo eles parecem invencíveis, mas no final eles sempre caem – pense nisso, sempre.
- Há o suficiente no mundo para todas as necessidades humanas; não há o suficiente para a cobiça humana.
- Não tente adivinhar o que as pessoas pensam a seu respeito. Faça a sua parte, se doe sem medo. O que importa mesmo é o que você é. Mesmo que outras pessoas não se importem. Atitudes simples podem melhorar sua vida. Não julgue para não ser julgado... um covarde é incapaz de demonstrar amor – isso é privilégio dos corajosos.
- Aprendi através da experiência amarga a suprema lição: controlar minha ira e torná-la como o calor que é convertido em energia. Nossa ira controlada pode ser convertida numa força capaz de mover o mundo.
- Aqueles que têm um grande autocontrole, ou que estão totalmente absortos no trabalho, falam pouco. Palavra e ação juntas não andam bem. Repare na natureza: trabalha continuamente, mas em silêncio.

A vaidade é perigosa

Eu sou.
Eu fiz.
Eu consegui.
Eu conquistei.

Com toda franqueza podemos afirmar que todos nós, pouco ou muito, alimentamos o defeito da vaidade. Uma das principais características do vaidoso é a busca do reconhecimento por parte dos outros. É a necessidade constante de se destacar e, em todos os momentos, ser admirado pelos outros. Para o filósofo Aristóteles é um vício por excesso. Certamente, se conseguíssemos viver com simplicidade, estaríamos no caminho da felicidade.

Sempre gostei de ler as fábulas contadas por Esopo, que foi um dos mais famosos desse gênero, pois todas são de imenso aprendizado. Em todas as fábulas encontramos animais como personagens, mas com características humanas, e o final sempre traz uma valiosa lição de moral.

Selecionamos para usar neste texto a fábula *A Raposa e o Corvo*, contada por Esopo na longínqua Grécia. A raposa é dos animais mais habituais nas fábulas de Esopo. Caracterizada como muito esperta, ela frequentemente encontra soluções fora do convencional para conseguir aquilo que deseja. A fábula a seguir nos ensina os perigos da vaidade e da soberba:

Um dia um corvo estava pousado no galho de uma árvore com um pedaço de queijo no bico quando passou uma raposa.

Vendo o corvo com o queijo, a raposa logo começou a matutar um jeito de se apoderar do queijo. Com essa ideia na cabeça, foi para debaixo da árvore, olhou para cima e disse:

– Que pássaro magnífico avisto nessa árvore! Que beleza estonteante! Que cores maravilhosas! Será que ele tem uma voz suave para combinar com tanta beleza? Se tiver, não há dúvida de que deve ser proclamado rei dos pássaros.

Ouvindo aquilo, o corvo ficou que era pura vaidade. Para mostrar à raposa que sabia cantar, abriu o bico e soltou um sonoro: Crôôô! O queijo veio abaixo, claro, e a raposa abocanhou ligeiro aquela delícia, dizendo:

– Olhe, senhor Corvo, estou vendo que voz o senhor tem; o que não tem é inteligência!

Moral da história: Cuidado com quem muito elogia!

O professor Luciano Salamacha (Doutor em Administração, Prof. e Mentor de CEOs) diz que subir na carreira requer antes de mais nada melhorar a nós mesmos, por isso temos que entrar em contato com a realidade e tentar controlá-la. O antídoto da vaidade é a humildade, e isso nada tem a ver com nos humilhar, mas em encarar o outro de forma mais igual, muitas vezes aceitando os defeitos e erros, pois somos seres humanos e, como tal, todos erramos. As pessoas vaidosas dentro de uma empresa são soberbas na hora de ensinar, deixando claro que estão numa posição acima do outro, mas Salamacha aconselha: "Nada é estático, principalmente numa companhia. O estagiário que se ensina hoje pode chegar à chefia amanhã!"

Esse professor ainda avalia que a vaidade é o caminho para a autossatisfação, como uma droga. "Ilude temporariamente que talvez você seja o que não é, que tem um poder que não existe e, nessa ilusão, o vaidoso coloca os pés pelas mãos."

Coitado do corvo da fábula, pois perdeu o queijo apenas porque quis se exibir. Caiu na bajulação que lhe fez a raposa. Tivesse ficado na sua, teria o queijo para se alimentar. Quis mostrar qualidades que nem mesmo tinha!

Na psicologia, o conceito de ego faz referência ao centro da pessoa, isso é o "eu". Iniciei este texto relacionando a importância que muitos dão para o "eu". Rodrigo Domit nos alerta que "o ego vai te levar longe, e depois vai te deixar lá, sozinho".

De fato, a vaidade é perigosa.

A vaidade é o caminho mais curto para o paraíso da satisfação, porém ela é, ao mesmo tempo, o solo onde a burrice melhor se desenvolve.
Augusto Cury

Quando nós dizemos o bem, ou o mal... há uma série de pequenos satélites desses grandes planetas, e que são a pequena bondade, a pequena maldade, a pequena inveja, a pequena dedicação...
No fundo, é disso que se faz a vida das pessoas, ou seja, de fraquezas, de debilidades...
Por outro lado, às pessoas para quem isso tem alguma importância, é importante ter como regra fundamental de vida não fazer mal a outrem.
A partir do momento em que tivermos a preocupação de respeitar essa simples regra de convivência humana, não vale a pena perdermo-nos em grandes filosofias sobre o bem e sobre o mal.
"Não faças aos outros o que não queres que te façam a ti" parece um ponto de vista egoísta, mas é o único do gênero por onde se chega não ao egoísmo mas à relação humana.

José Saramago

Além do bem e do mal

Toda criatura humana, com imensa facilidade, sabe distinguir entre o bem e o mal. Para o polonês Czesław Miłosz, prêmio Nobel de Literatura no ano de 1980, "o bem e o mal são inerentes ao ser humano e se a espécie humana deixar de existir, tanto o mal como o bem desaparecerão".

Estamos diante de duas qualidades de excelência ética, atribuídas a ações relacionadas a sentimentos de aprovação. Podem ser boas ações, ou más ações.

De onde elas vêm?

Certamente, das decisões que tomamos. E essa bela liberdade de escolher o que queremos fazer, que caminhos seguir na vida, que alimento escolher para nossas refeições, que roupa vamos vestir, chama-se livre-arbítrio.

Cada um tem a mais ampla liberdade de escolha. Muitos escolhem o caminho do bem, enquanto outros preferem o caminho do mal. O apóstolo Paulo já pregava que "tudo me é permitido, mas nem tudo me convém". (I Cor 6:12) O bem reside nas boas escolhas, o mal reside nas más. Que cada um tenha sabedoria para usar o seu livre-arbítrio na direção do bem!

Bem conhecida é a expressão popular "aqui se faz, aqui se paga", significando que a pessoa que cometeu alguma injustiça ou agiu de modo incorreto, pagará enquanto estiver vivo.

Em todas as cidades do país, nos deparamos com presídios, onde muitos cumprem pena pelos crimes que cometeram. Segundo o Conselho Nacional de Justiça – CNJ, hoje nossa população carcerária é de 919.322 presos, pessoas que perderam a liberdade. Infelizmente, esse número nos coloca em terceiro lugar do mundo. Trata-se de um número elevado, composto de pessoas que usaram o seu livre-arbítrio para praticar o mal.

Um provérbio indo-americano retrata essa luta entre o bem e o mal e qual deles deve prevalecer:

Dentro de mim há dois cachorros: um deles é cruel e mau, o outro é muito bom. Os dois estão sempre brigando. O que ganha a briga é aquele que eu alimento mais frequentemente.

Essa é uma bela narrativa que nos leva a aceitar que, para ser bom ou mau, depende unicamente de nós. Cada um tem dois cães, na expectativa de como vamos alimentá-los. É válida a pergunta: "Qual cão estamos alimentando?"

Se queremos viver em paz e desfrutar do amor, o mais certo é alimentarmos o bom. Vamos deixar o mau passar fome e, se possível, morrer por falta de alimento. Assim, ele não vai nos atrapalhar, procurando nos levar para os caminhos do mal.

O filósofo francês Voltaire, do seu jeito, encarava a vida dizendo que encontramos "oportunidade para fazer o mal cem vezes por dia e, para fazer o bem, apenas uma vez por ano".

Mas afinal, o que está além do bem e do mal?

A melhor resposta encontramos nas afirmações de Nietzsche, um filósofo alemão: "Aquilo que se faz por amor, está sempre além do bem e do mal. No decorrer da vida é muito fácil perceber, em todo comportamento humano, que no amor jamais verás a prática do mal."

Para o notável Shakespeare:

Amor é um marco eterno, dominante
Que encara a tempestade com bravura,
É astro que norteia a vela errante,
Cujo valor se ignora, lá na altura
Amor não teme o tempo, muito embora

Seu alfange não poupe a mocidade,
Amor não se transforma de hora em hora
Antes se afirma para a eternidade.

Todos nós vivemos em sociedade, convivendo em nosso dia a dia com nosso próximo. Por isso, é necessário termos consciência dos atos que praticamos, do bem ou do mal, que atingem todos aqueles que estão ao nosso redor.

Nada melhor do que deixar de alimentar o cão mau. Nada melhor do que ter um controle interno, com boas intenções. Nada melhor do que viver em paz e em harmonia com o nosso próximo. Nada melhor do que eleger o amor como aquela força capaz de superar o mal. Nada melhor do que saber que operar no erro é aprová-lo e não defender a verdade é negá-la. Nada melhor do que praticar o bem e receber reconhecimento. Nada melhor do que deixar o bem prevalecer em todos os atos de nossa vida.

O mal que os homens praticam sobrevive a eles; o bem quase sempre é sepultado com eles.
William Shakespeare

Com o passar dos anos a gente quer mais é paz,
O amor próprio renasce e floresce.
Um florescer novo em calmaria,
Já não se tem tanta pressa, porque sabemos que com pressa não tem perfeição.
Caminhamos mais devagar, porque sabemos que a caminhada é mais bela se observarmos os detalhes.
Pois é nos detalhes que a vida tem brilho,
nos detalhes os olhos enxergam a perfeição.
Nos detalhes que sabemos quem caminha conosco,
quem não caminha e quem se perde pelo caminho.
Nos detalhes vemos que a caminhada vale a pena.
Vemos quanto peso se perdeu, peso que não era nosso.
Vemos também quem realmente caminha conosco, que transforma os embaraços em laços.
Laços esses que fica na história, marcando memória de união, companheirismo de quem realmente ficou.
Ficou do nosso lado em um tempo marcado.
Marcado de afeição e valorizado de coração.

Liddy Viana

A terapia do riso

O festejado poeta chileno Pablo Neruda dá-nos o poema *O Teu Riso*. Li e reli. Achei belo. No poema ele enaltece o sorriso de seu amor, dizendo:

Ri-te da noite,
do dia, da lua,
ri-te das ruas
tortas da ilha,
ri-te deste grosseiro
rapaz que te ama,
mas quando abro
os olhos e os fecho,
quando meus passos vão,
quando voltam meus passos,
nega-me o pão, o ar,
a luz, a primavera,
mas nunca o teu riso,
porque então morreria.

Como é bom conviver com pessoas alegres e bem-humoradas! Nesses momentos somos contagiados, e o tempo corre ligeiro. Nem percebemos que ele passou.

Incontáveis são os benefícios provocados pelo sorriso. É uma pena que ao nosso redor caminham muitos carrancudos que não sabem disso.

Estive na capital holandesa, Amsterdam, onde agora foi realizado o congresso European Society of Cardiology. Soube que médicos cardiologistas gaúchos participaram desse evento e levaram uma pesquisa, demonstrando que rir pode ajudar o sistema cardiovascular. Não se pode duvidar dos efeitos benéficos de um sorriso verdadeiro, pois ele ajuda a proteger o coração, a controlar a pressão arterial e a melhorar a imunidade.

Convivo com alguns amigos que esquecem seus problemas, deixam as dificuldades de lado, e são alegres e risonhos, sempre demonstrando uma agradável sensação de bem-estar, o que certamente reduz o estresse.

Poucos sabem que a melhor ginástica para o rosto é rir, se possível sem parar.

Estudos mostram que uma risada ativa 12 músculos faciais. Esse número sobe para 24 quando se dá uma boa gargalhada. É uma verdadeira ginástica, que faz enorme bem para a pele.

Está comprovado que as endorfinas liberadas com o riso favorecem o sistema imunológico da pessoa, estimulando a produção de células em defesa do organismo.

Dediquei-me a redigir este texto na doce expectativa de colocar um largo sorriso, se possível diário, no rosto de meus leitores.

Rir é uma terapia para o coração e para a alma. É um remédio infalível contra a tristeza. Temos momentos difíceis na vida, porém a melhor maneira de superá-los é sorrindo, para si e para os outros.

Deixemos, hoje e sempre, um sorriso gostoso tomar conta de cada um de nós.

Não existe nada no mundo tão irresistivelmente contagioso quanto o riso e o bom humor.
Charles Dickens

A beleza da autenticidade

Havia um rei que gostava muito das árvores e das flores. Certo dia, ao se aproximar da janela, viu algo em seu jardim que não gostou e saiu correndo. Já no jardim, perguntou ao carvalho: "O que houve, carvalho? O que você tem?" O carvalho, com uma voz muito melancólica e triste, respondeu: "Não sei porque sou tão grande, eu gostaria que você me achasse tão belo quanto as rosas desta bela roseira". O rei olhou em volta e avistou a roseira, que também estava triste. "O que houve, roseira?", quis saber o rei. Esta lhe respondeu: "É que eu seria muito feliz se tivesse os ramos bem torneados e pontudos como os do pinheiro, que tanto o encanta". O rei se voltou para o pinheiro e também o encontrou triste. Obviamente, o rei indagou: "O que houve, pinheiro? O que você tem?". O pinheiro respondeu: "Eu gostaria de ser cheio de cores e com flores lindas como as do craveiro". O rei olhou em volta e viu o craveiro radiante, repleto de cor e com as flores abertas. Emanava um júbilo e uma luz imensa. O rei, perplexo, se aproximou, acariciou o craveiro e, com muita calma, lhe perguntou: "Craveiro, como é possível você se encher de luz e brilho quando todos à sua volta estão tão tristes por desejarem ser diferentes?" O craveiro, lentamente e com alegria na voz, respondeu: "Veja bem, meu rei, também pensei em ficar triste, pois vi como você ama o carvalho e admira sua força, como adora a roseira e usa suas flores para fazer a corte, vejo como poda o pinheiro para que se mantenha em forma, mas logo pensei que, se quisesse me ver como um carvalho, teria plantado um carvalho, mas plantou a mim, porque meu rei deseja ver um craveiro. Por isso, decidi ser o melhor craveiro do mundo, somente para você". (Reflexão antiga)

Com alguma frequência, encontramos pessoas insatisfeitas, querendo ser diferentes do que são. Não aceitam a sua altura, reclamam que bom seria se fossem mais altas, ora reclamam da cor dos olhos, pois acham os azuis mais belos, reclamam da espessura dos lábios, desejando que fossem mais finos ou mais volumosos. Mas as pessoas somente serão aquilo que querem ser quando pararem de ser aquilo que não são! O ideal é aceitarmos o que a vida nos dá. A beleza está em construir a vida interior. Sermos autênticos, sem inveja ou imitações. Devemos nos contentar em ser como somos, sem querermos mudanças. Monteiro Lobato sugeria para sermos nós mesmos, porque "ou somos nós mesmos, ou não somos coisa nenhuma".

Seja sempre você mesmo!

Em todos os lugares, com todas as pessoas com que você convive, nada custa ser gentil. A honestidade não tem preço.

Nosso jovem escritor Augusto Branco recomenda: "Durante todo o tempo de tua vida, seja sempre você mesmo, com todas as suas virtudes e imperfeições. Muitos seriam melhores se não quisessem ser tão bons."

Na verdade, vivemos em um mundo onde muitos de seus habitantes dão mais valor às aparências do que a sua possível beleza interior. Em nossas ações e atitudes é que podemos demonstrar quem realmente somos. É só parando de tentar ser aquilo que não somos, para sermos aquilo que devemos ser.

Um desconhecido sugeriu:

Seja sempre você mesmo na vida.
Tenha felicidade bastante para fazê-la doce.
Dificuldades para fazê-la forte.
Tristeza para fazê-la humana.
Esperança suficiente para fazê-la feliz.

Portanto, tudo de melhor que você pode e deve fazer na vida é sempre ser você mesmo.

Casos por acaso

Creio que poucos conhecem o termo *serendipidade*, que define os acasos felizes. Abrindo o dicionário, veremos que "é um acontecimento favorável que se produz de maneira fortuita, acaso feliz, descoberta acidental, dom de fazer boas descobertas por acaso".

Existe um conto de fadas persa chamado *Os Três Príncipes de Serendip*, que descreve como eles faziam descobertas constantes e surpreendentes sobre coisas que não planejavam explorar. Foi aí que surgiu a palavra para se referir a descobertas acidentais.

Verificamos que muitas descobertas aconteceram quando a vontade era uma e por acaso chegou-se a um resultado inesperado. Selecionamos alguns exemplos, entre muitos ocorridos:

1. Penicilina – Há quase um século o biólogo escocês Sir Alexander Fleming percebeu que uma de suas lâminas foi contaminada por mofo, impedindo que a bactéria crescesse. Esse acaso na sua pesquisa permitiu desenvolver a penicilina, esse conhecido antibiótico utilizado para tratar diversas doenças infecciosas. Esse remédio já salvou e vai salvar inúmeras vidas.
2. Viagra – Esse azulzinho milagroso também tem sua história, ocorrida quando um laboratório americano buscava um medicamento que tratasse uma doença cardíaca que estreita as veias e artérias que levam o sangue ao coração. Testaram o remédio em alguns doentes, que relataram um efeito colateral – mais ereções. Assim, por acaso descobriram esse medicamento hoje usado na disfunção erétil.

3. Raio X – Muito usado na medicina para identificar enfermidades no corpo humano. Foi o físico alemão Roentgen que, ao fazer testes colocando corpos opacos à luz visível, entre o tubo e um papel fotográfico, descobriu o raio X, percebendo que passavam pelos tecidos moles, deixando os ossos como sombras visíveis, e com isso criou as primeiras radiografias. Ele estudava no início o fenômeno de luminescência e por acaso chegou nessa útil descoberta.
4. Fotografia – O professor universitário Johann Schulze buscava um método para conseguir o elemento fósforo. Por acaso, percebeu que o recipiente em que colocava o nitrato de prata adquiria uma tonalidade escura no lado que estava exposto ao sol. Após, dando continuidade, deixou uma folha de papel com algumas anotações no recipiente, que ficou exposto à luz solar. As palavras ficaram fotografadas no recipiente. Assim nasceu a fotografia, embora hoje seu processo seja bem mais desenvolvido.
5. Família – Quando eu tinha apenas 7 anos ocorreu a separação de meus pais. Isso foi no ano de 1946. Com minha mãe e irmãos, mudamos para a capital paulista e meu pai permaneceu em Cuiabá. Soube que ele veio a morrer nove anos depois. O acaso ocorreu quando, numa manhã em meu escritório recebi um telefonema e, do outro lado da linha, uma voz feminina disse: "Sou a Eliane, sua irmã!" Como? "Nasci em Cuiabá e nosso pai é o mesmo. Casei com um construtor. Mudamos para a capital catarinense. Estou idosa e doente. Li um de seus livros!" Esse acaso me proporcionou felicidade. Não esperava viver um momento feliz como esse.

Tenho certeza que todos os meus queridos leitores já passaram por essa experiência, de sair em busca de uma situação favorável e acabar encontrando outra melhor. São os casos que surgem na vida por acaso.

Todas as verdades são fáceis de perceber depois de terem sido descobertas; o problema é descobri-las.

GALILEU GALILEI
(1564-1642);
um importante astrônomo, físico, inventor e matemático italiano.

Por Justus Sustermans

Mesmo controverso, Galilei nunca deixou de expor suas opiniões sobre a religião, o Universo e a ciência. Veja algumas de suas frases mais marcantes:

- "Nunca conheci um homem tão ignorante que não pudesse aprender algo com ele."
- "Não me sinto obrigado a acreditar que o mesmo Deus que nos dotou de bom senso, razão e intelecto tenha pretendido que abríssemos mão de seu uso."
- "Em questões de ciência, a autoridade de mil não vale o humilde raciocínio de um único indivíduo."
- "Você não pode ensinar nada a um homem; você só pode ajudá-lo a encontrar dentro de si mesmo."
- "Existem aqueles que raciocinam bem, mas são muito superados em número por aqueles que raciocinam mal."
- "Matemática é a linguagem em que Deus escreveu o universo."
- "A paixão é a gênese do gênio."
- "O Sol, com todos aqueles planetas girando em torno dele e dependentes dele, ainda pode amadurecer um cacho de uvas como se ele não tivesse mais nada no universo para fazer."

Tempos de paz

O escritor russo Tolstoi, reconhecido como um dos maiores escritores de todos os tempos, em uma de suas obras questiona por que acontecem as guerras. É muito fácil de responder, ao observarmos que as guerras são deflagradas pelos mais diferentes objetivos: religioso, político, econômico, territorial, disputa de poder e muitos outros, manifestamente injustificáveis. Para o inglês Churchill, "não existe guerra justa".

Nosso mundo esteve sempre envolvido em guerra, pelas mais diferentes razões. E a verdade é que nunca vemos vencedores, pois todos os envolvidos acabam perdendo.

O mesmo acontece nos dias atuais. Vemos a Rússia invadir a Ucrânia, numa injustificável razão de querer anexá-la ao seu território. Pergunto: para quê aumentá-lo se já tem 17 milhões de km², enquanto seu vizinho tem apenas 603 mil km²?

No continente africano, o Sudão há muito tempo está envolvido em uma guerra civil, vivendo uma crise econômica e civil e, assim mesmo, de forma insana luta na disputa por poder.

No momento ainda assistimos a outra guerra brutal: Israel e Hamás, e pelo que sabemos, o objetivo é a manifesta eliminação de Israel e do povo judeu. Em transmissão ao vivo, temos assistido a imagens dolorosas, em especial na Faixa de Gaza, com a morte e a mutilação de idosos, crianças e mulheres, com a destruição de casas, escolas e hospitais. É o mais triste espetáculo da terra.

Tal Nitzán, poeta israelense e militante pela paz, publicou o livro de poemas *O Ponto de Ternura*. Separamos um pedaço de seu poema *Coisa Silenciosa*:

> *... Nada mais silencioso do que os golpes que se abatem sobre os outros,*
> *Não há ameaças mais inofensiva à nossa paz de espíritos satisfeitos.*
> *É muda a derrota nos seus olhos,*
> *Os seus braços permanecem imóveis...*

As maiores e mais poderosas nações, usando a força da tecnologia, vêm a cada dia procurando aumentar o seu poderio bélico. Agora, uma delas acaba de lançar um submarino equipado com a força nuclear, carregando 16 mísseis, com seis ogivas nucleares, que pode chegar a oito mil quilômetros de distância. Sua capacidade destrutiva equivale a 960 explosões da bomba que caiu e destruiu Hiroshima. Estive nessa cidade japonesa e pude testemunhar ao vivo os estragos que a bomba atômica ali produziu.

Vivemos no século em que se veem grandes avanços da ciência e da tecnologia e assim ficamos a pensar qual a razão de tudo isso. Até parece que querem acabar com o mundo.

Contam que certa ocasião Einstein e Freud trocaram cartas. Numa delas o primeiro questiona se existiria alguma forma de livrar a humanidade da ameaça da guerra. Apenas dois meses depois, Freud respondeu em uma longa carta, da qual destaco este pequeno trecho:

> *Penso que a principal razão por que nos rebelamos contra a guerra é que não podemos fazer outra coisa. Somos pacifistas porque somos obrigados a sê-lo, por motivos orgânicos, básicos. E, sendo assim, temos dificuldade em encontrar argumentos que justifiquem nossa atitude.*

Ninguém quer que o mundo acabe, embora saibamos que o volume de armas nucleares produzidas e estocadas tem a capacidade de levá-lo a uma destruição total.

A poeta Hilda Hilst, em um belo poema, evoca a necessidade de refletirmos, antes que o mundo acabe, dentro da fumaça escura da guerra. Essa paulista dizia que a "poesia você não programa, é um estado quase inexplicável porque surge a qualquer momento". Assim, foi num desses momentos de inspiração que ela escreveu:

> *Antes que o mundo acabe,*
> *Deita-te e prova*
> *Esse milagre do gosto*
> *Que se fez na minha boca*
> *Enquanto o mundo grita*
> *Belicoso...*
> *E nos cobrimos de beijos*
> *E de flores...*
> *... antes que o mundo se acabe.*
> *Antes que acabe em nós*
> *Nosso desejo.*

Instituíram o Dia Mundial da Paz, celebrado anualmente no dia primeiro de janeiro. Acredito que os 365 dias do ano também poderiam servir para marcar essa data como um período da não violência e cessar fogo em todo o mundo.

Preocupado com o avanço tecnológico e seu uso para inventar armas mais poderosas, que podem levar à destruição total do mundo, o Papa Francisco em uma de suas mensagens adverte:

> *Também não podemos ignorar a possibilidade de armas sofisticadas caírem em mãos erradas, facilitando, por exemplo, ataques terroristas ou intervenções visando a desestabilizar instituições legítimas de Governo. Em resumo, o mundo não precisa realmente que as novas tecnologias contribuam para o iníquo desenvolvimento do mercado e do comércio das armas, promovendo a loucura da guerra. Ao fazê-lo, não só a inteligência, mas também o próprio coração do homem correrá o risco de se tornar cada vez mais "artificial". As aplicações técnicas mais avançadas não devem ser utilizadas para facilitar a resolução violenta dos conflitos, mas para pavimentar os caminhos da paz.*

Voltando ao Dia Mundial da Paz, em Nova Iorque, na sede da ONU, essa data é celebrada com a tradicional Cerimônia do Sino da Paz. Tocam o sino. Deveriam ser convocados todos os líderes mundiais, ou ao menos aqueles que estão em conflito, para que, lado a lado, puxassem as cordas e ouvissem o tocar do sino. Quem sabe esse momento poderia levá-los a refletir e chegar à conclusão de que "não existe guerra justa".

Há mais de um século o escritor espanhol Benito Pérez Galdós questionava: "Se o amor é o oposto da guerra, por que é uma guerra em si mesmo?"

Resta-nos apenas sonhar que terminem os conflitos do mundo, que as nações vivam em paz e que a harmonia e a tranquilidade existam dentro dos nossos corações.

Nunca houve uma guerra boa, nem uma paz ruim.
Benjamin Franklin

O juramento médico

Ainda na juventude, pensando na carreira que deveria escolher, cheguei a pensar em ser médico, porém com o tempo fui vendo que minha inclinação estava voltada mais para as letras.

Hoje, já passados tantos anos, vejo que um membro de minha família decidiu cursar Medicina. Minha neta já está no último ano, e já vem atuando para minorar as dores e os sofrimentos físicos daqueles que a procuram.

Decidi escrever estas linhas pelo interesse que todos os nossos leitores têm por esse tema, que envolve a saúde de cada um, no seu dia a dia.

Todo médico, ao concluir o curso, é compelido a prestar o seguinte juramento:

> *Prometo que, ao exercer a arte de curar, mostrar-me-ei sempre fiel aos preceitos da honestidade, da caridade e da ciência. Penetrando no interior dos lares, meus olhos serão cegos, minha língua calará os segredos que me forem revelados, o que terei como preceito de honra.*

O texto original, escrito no século V a.C., por Hipócrates ou por um de seus alunos, sofreu modificações com o transcorrer do tempo, mas ainda que decorridos mais de vinte séculos, mantém o mesmo espírito, revelando a consagração desse compromisso.

Hipócrates (460-370 a.C.) é considerado o Pai da Medicina, pois coube a ele separar a Medicina da religião e da magia, afastar as crenças em causas sobrenaturais das doenças e fundar os alicerces da medicina racional e científica. Ao lado disso, deu um sentido de dignidade à profissão médica, estabelecendo as normas éticas de conduta que devem nortear a vida do médico, tanto no exercício profissional quanto fora dele.

Não faz muito tempo, um velho amigo acabou tendo os seus pés amputados, devido aos altos índices de diabetes. Devido a isso, acabou perdendo toda a vontade de continuar vivendo. Como ele, alguns pedem para que seja abreviada a sua existência.

Alguns até perguntam se o médico tem o direito de atender seus pacientes dando-lhes um remédio mortal, mas o Código de Ética Médica, em seu art. 41, estabelece que "é vedado ao médico abreviar a vida do paciente, ainda que a pedido deste ou de seu representante legal. Parágrafo único – Nos casos de doença incurável e terminal, deve o médico oferecer todos os cuidados paliativos disponíveis sem empreender ações diagnósticas ou terapêuticas inúteis e obstinadas, levando sempre em consideração a vontade expressa do paciente ou, na sua impossibilidade, a de seu representante legal."

Causa enorme tristeza quando vemos que uns poucos médicos, com sua conduta, desprezam o voto de honestidade, contrariando o juramento que fizeram na sua formatura. São poucos, pois para a maioria a saúde e o bem-estar do paciente são a sua primeira preocupação.

Hipócrates deixou aos seus colegas de profissão o chamado *Corpus Hippocraticum*, cujo conteúdo dá valiosas orientações do campo da ética e da ciência médica.

Bom seria que todos os profissionais liberais, cada um dentro de sua atividade, respeitassem e cumprissem no seu dia a dia o juramento que fizeram em suas formaturas, pois assim construiríamos um mundo melhor para todos.

A função do médico é curar. Quando ele não pode curar, precisa aliviar. E quando não pode curar nem aliviar, precisa confortar. O médico precisa ser especialista em gente.
Adib Jatene

Frases impactantes

Somente quando o homem tiver adquirido o conhecimento de todas as coisas poderá conhecer a si mesmo. Porque as coisas nada mais são que as fronteiras do homem.

Essa frase e outras que virão a seguir foram publicadas no século XIX pelo filósofo prussiano Friedrich Nietzsche, autor de vários livros, estendendo sua influência para além da filosofia, penetrando na literatura, poesia e em todos os âmbitos das belas artes.

Esse filósofo defendia a ideia de que o homem pode atingir a perfeição e a plenitude com seus próprios esforços. Ainda que não compartilhe desse pensamento, lendo e refletindo sobre suas frases, vejo que todos nós temos muito a aprender.

O que não provoca minha morte faz com que eu fique mais forte.

Quanto mais nos elevamos, menores parecemos aos olhos daqueles que sabem voar.

Eu não sei o que quero ser, mas sei muito bem o que não quero me tornar.

Só se pode alcançar um grande êxito quando nos mantemos fiéis a nós mesmos.

Amamos a vida não porque estamos acostumados à vida, mas a amar. Há sempre alguma loucura no amor, mas há sempre também alguma razão na loucura.

A vida vai ficando cada vez mais dura perto do topo.

Quando se olha muito tempo para um abismo, o abismo olha para você.

O homem chega à sua maturidade quando encara a vida com a mesma seriedade que uma criança encara uma brincadeira.

Os maiores acontecimentos e pensamentos são os que mais tardiamente são compreendidos.

Fazer grandes coisas é difícil, mas comandar grandes coisas é ainda mais difícil.

Ele conta que certo dia adquiriu um exemplar do livro *Mundo*, de autoria de um conterrâneo e contemporâneo, também filósofo, Artur Schopenhauer. Confessa que gostou e passou a recomendá-lo. Diz: "Tomei-o nas mãos, como objeto que me era completamente estranho e o folheei. Ali se tinha cada linha, cada renúncia, cada negação, resignação a gritar, ali eu olhava num espelho no qual eu contemplava o mundo, a vida e a própria alma em desconcertante grandiosidade. A necessidade de autoconhecimento, mesmo de um desfazimento, me arrebatava com violência; testemunhas daquela reviravolta ainda me são as inquietas e melancólicas folhas de diário daquele período, com suas inúteis autoacusações e olhares desesperados à purificação e à transformação de toda a humanidade."

Buscamos as melhores frases de Nietzsche, que você, meu caro leitor, acaba de ler, e que vêm enriquecer o nosso livro. Todo livro é uma fonte infinita de conhecimento. Faça como o filósofo e nunca perca nenhuma oportunidade de dedicar alguns momentos, mesmo que sejam poucos, à leitura. Num livro, vamos aprender coisas novas, úteis e interessantes. Logo, não hesite em prosseguir lendo, que a vida vai ficar mais alegre e bonita.

A leitura é uma fonte inesgotável de prazer, mas, por incrível que pareça, a quase totalidade não sente essa sede.
Carlos Drummond de Andrade

Evite preocupações

Sempre procurei, nos meus dias de vida, evitar preocupações. Elas em nada nos ajudam. Muito pelo contrário, apenas nos prejudicam. Admito, como outros também fazem, que devemos dar uma parada de vez em quando, para dar um pouco de descanso ao nosso corpo e à nossa mente.

Hoje é um fim de semana e encontro-me na distante cidade de Turim. Esta cidade situa-se no norte da Itália e foi a primeira capital do país (1861 a 1865). Turim é muito conhecida por sua arquitetura, com seus imponentes edifícios no estilo barroco.

Estamos em pleno inverno, e ainda pela manhã, antes de sair do quarto, dou uma olhada na temperatura lá fora: –2° C. Detesto o frio e fico a pensar o que vim fazer aqui, junto com dois amigos, apenas para assistir a jogos de tênis da Master Finals, que reúne os oito melhores jogadores do ano. Confesso que os jogos são de alto nível e compensa sofrer um pouco com a baixa temperatura.

Longe do escritório, passei a pensar um pouco no trabalho, se os processos de meus clientes estavam tendo bom acompanhamento. Claro que sim, pois a equipe que lá ficou é muito competente.

Devemos deixar que os outros cumpram as suas tarefas. Evitemos nos preocupar desnecessariamente. Lembro as palavras do poeta norte-americano Ralph Emerson, que, preocupado com o dia a dia de sua filha, que estudava em uma universidade, decidiu enviar-lhe uma carta nos seguintes termos:

Termine cada dia e encerre-o. Recordar é um vício. Alguns desatinos e absurdos ficaram presos ao seu dia, mas esqueça-os o mais rápido possí-

vel, pois amanhã é um novo dia. Comece-o de forma boa e serena, com o espírito elevado para que as antigas tolices não o afetem.

O poeta tem inteira razão e suas sábias recomendações, se soubermos praticá-las, podem em muito nos ajudar a afastar as preocupações, que não são poucas, e nos ajudar a viver melhor e sermos felizes.

Todos os médicos afirmam que excessivas preocupações esgotam nossas energias, entorpecem nossos pensamentos e enfraquecem qualquer ambição. Sendo assim, nada melhor do que acabar com as preocupações antes que elas acabem conosco.

O famoso escritor norte-americano Dale Carnegie, no seu livro *Como Evitar Preocupações e Começar a Viver*, nos ensina a eliminar a ansiedade e a lidar com todos os problemas de forma objetiva e serena. Sugere que cada um pergunte a si mesmo: "O que é de pior que pode acontecer?" E continua afirmando que devemos estar preparados para aceitar o pior, se for preciso, e então trabalhar calmamente para melhorar o pior.

Para afastar as preocupações, alguém selecionou oito recomendações:

1. Seja corajoso.
2. Seja você.
3. Seja respeitoso.
4. Diga sim.
5. Tenha grandes sonhos.
6. Divirta-se.
7. Devolva.
8. Cuide de si.

Todo ser humano tem o sagrado direito de buscar uma vida tranquila e feliz, e em cada amanhecer constatar que mais um dia nos foi concedido. Este é um privilégio que está ao alcance de todo ser humano.

Invista energia em ação e não em preocupação.
Desconhecido

Os segredos do sucesso

Todo ser humano tem o direito de lutar para alcançar o sucesso em sua vida. Porém, vemos que são poucos os que chegam no topo e superam todas as dificuldades para escalar essa montanha. Qual a razão? É muito fácil de explicar, pois para ser bem-sucedido é necessário muito esforço e trabalho. Devemos transformar os nossos sonhos em objetivos. Com persistência e muito trabalho, é certo que seremos recompensados.

Buscamos os pensamentos de alguns vencedores, que nos motivam e inspiram, pois todos eles alcançaram o topo com uma indomável determinação. Eles nos servem de exemplo e nos dão verdadeiras lições de vida. Todos eles, de forma clara, confessam os segredos desse caminho que leva ao sucesso.

Vou direto nas palavras de Thomas Edison, o maior inventor americano, ao afirmar que "genialidade é 1% de inspiração e 99% de transpiração". E continua: "Eu não falhei. Eu encontrei 10.000 maneiras que não funcionam".

Ayrton Senna – o piloto brasileiro de Fórmula 1:

Seja você quem for, seja qual for a posição social que você tenha na vida, a mais alta ou a mais baixa, tenha sempre como meta muita força, muita determinação e sempre faça tudo com muito amor e com muita fé em Deus, que um dia você chega lá. De alguma maneira, você chega lá.

Bill Gates – empresário norte-americano, fundador da Microsoft:

Tente uma, duas, três vezes e, se possível, tente uma quarta, a quinta e quantas vezes for necessário. Só não desista nas primeiras; a persistência é a amiga da conquista. Se você quer chegar onde a maioria não chega, faça aquilo que a maioria não faz.

Winston Churchill – primeiro-ministro britânico de 1940 a 1955:

A lição é a seguinte: nunca desista, nunca, nunca, nunca. Em nada: grande ou pequeno, importante ou não. Nunca desista. Nunca se renda à força, nunca se renda ao poder aparentemente esmagador do inimigo.

Margaret Thatcher – primeira-ministra britânica de 1979 a 1990:

Gostaria que você soubesse que existe dentro de si uma força capaz de mudar sua vida. Basta que lute e aguarde um novo amanhecer.

Com certeza, a Dama de Ferro tem mais de uma frase na lista de frases de vencedoras:

Eu não conheço ninguém que tenha chegado ao topo sem muito trabalho. Essa é a receita. Nem sempre você vai chegar ao topo, mas vai chegar bem perto.

Walt Disney – autor de personagens que todos conhecem:

Não creio que haja pico que não possa ser escalado por uma pessoa que conheça o segredo para transformar sonhos em realidade. Defino esse segredo especial por meio de quatro "Cs": curiosidade, confiança, coragem e constância. A mais importante das quatro é a confiança. Quando você acredita em algo, tem que ser para valer: não pode admitir dúvidas nem questionamentos.

Michael Jordan – jogador de basquete norte-americano:

Eu errei mais de 9.000 arremessos na minha carreira. Perdi quase 300 jogos. Em 26 oportunidades confiaram em mim para fazer o arremesso da vitória e eu errei. Eu falhei muitas e muitas vezes na minha vida. E é por isso que tenho sucesso.

No *ranking* de frases de pessoas vencedoras, o melhor jogador de basquete de todos os tempos aparece mais de uma vez:

Sempre acreditei que os resultados são obtidos com o trabalho. Não faço as coisas pela metade, pois daí só poderei esperar resultado pela metade.

Quando eu piso na quadra, não tenho que pensar em mais nada. Se tiver um problema fora dela, minha mente fica mais clara depois para encontrar a melhor solução. É como uma terapia. Entrar em quadra me relaxa e me permite resolver problemas.

Existem muitos outros, mas uma coisa é certa: todos recomendam que para vencermos é necessário esforço e muita persistência.

O paulista Gustavo Paulillo teve o cuidado de efetuar diversas recomendações para todos aqueles que desejam ser bem-sucedidos na vida:

1. Foque na solução, não nos culpados.
Muitas vezes estamos diante de um problema criado, uma situação de crise que precisa ser solucionada. Pessoas bem-sucedidas não tendem a apontar culpados e promover uma "caça às bruxas". Pelo contrário: os "culpados" muitas vezes vão ser parte importante na busca da solução.

2. Conheça seus limites.
Não tente fazer tarefas "humanamente impossíveis". Não é isso que vai fazer você atingir o sucesso. Na verdade, assumir responsabili-

dades além de sua capacidade mostra falta de planejamento e até arrogância. Saiba definir objetivos ousados, porém exequíveis.

3. Cuide-se!
Uma vida de trabalho e mais trabalho não é o caminho mais curto para o sucesso; é o atalho mais rápido para o hospital. Ser bem-sucedido também inclui ter uma vida saudável, divertir-se, relaxar e cuidar de seu bem-estar pessoal e físico. Mesmo porque, uma pessoa de saúde debilitada terá seu desempenho profissional afetado.

4. Abra a boca e pergunte.
Nada pior que não cumprir uma tarefa por falta de informação. Portanto, se está faltando algo para atingir seu objetivo e existe alguém que pode lhe dar a resposta, pergunte. O máximo que pode acontecer é essa pessoa não responder. Apenas seja seletivo em suas perguntas para não demonstrar que não estudou o assunto ou que está despreparado: saiba perguntar!

5. Não desista!
Você começou? Termine! Não abandone suas tarefas na primeira dificuldade ou oportunidade de passar para outro. Qual o segredo do sucesso neste caso? Não parar no meio do caminho.

6. Mas não seja teimoso...
É, a filosofia do sucesso exige um certo discernimento. Existe uma diferença entre não desistir no meio do caminho e voltar a tentar e insistir em fazer algo que está claro que não deu certo. Apegar-se demais a certas "ideias geniais" pode te distanciar do caminho do sucesso... Cuidado!

7. Aprenda com seus erros.
Como você percebeu pelo segredo anterior, a vida é aprendizado. É preciso arriscar, e errar faz parte das tentativas de atingir o sucesso. Apenas certifique-se de aprender com seus erros para não repeti-los.

8. Tenha visão de futuro.
Onde você quer chegar? Qual o segredo do seu sucesso? Idealize o que é sucesso para você, qual é seu objetivo de vida e tenha certeza de não incluir somente bens materiais, mas outros objetivos que todos nós buscamos, como uma vida de conquistas, família e amigos.

9. Seja o primeiro a se oferecer.
Quem quer chegar mais longe começa primeiro não espera ser ordenado e agarra as oportunidades, tomando as rédeas da situação, assumindo as tarefas que os outros deixaram de lado.

10. Não se prenda ao tempo.
Sim, o tempo passa e é um ativo valioso. Mas sabe qual o segredo para o sucesso das pessoas que focam na tarefa e não no tempo? Muito menos ansiedade por terminar logo e com muito mais capricho e dedicação por fazer bem feito.

11. Seja humilde.
Existe uma diferença entre humilde e simplório. E é esta confusão que devemos evitar. Cumprimente as pessoas de todos os níveis hierárquicos, não seja arrogante e metido a sabe-tudo: sempre temos algo a aprender com alguém.

12. NÃO! Às vezes essa é a resposta...
Ok, você é pau para toda obra, muito competente e determinado. Mas existe limite até para as pessoas mais bem-sucedidas do mundo. Saiba o momento certo de dizer não para certas obrigações que não conseguirá cumprir adequadamente.

13. Dê um tempo, de vez em quando.
Férias, feriados, finais de semana... Todo mundo sabe que às vezes é preciso sacrificar um pouco disso no mundo corporativo. Mas não se esqueça de você! É preciso relaxar de vez em quando e recarregar as energias.

14. Saiba expressar o que pensa.
Qual o segredo do sucesso dessas pessoas carismáticas e que se tornam líderes naturais? Saber se comunicar e passar suas ideias com clareza. Se você tem dificuldade com isso, é preciso se capacitar e aprender a ser persuasivo.

15. Pare de reclamar.
Tá ruim? Tá cansado? Por favor, guarde isso para você, ok? Sim, existem momentos em que as coisas estão difíceis e queremos mudar essa situação, mas reclamar não vai resolver absolutamente nada. Assuma a filosofia do sucesso. Seja positivo, busque soluções, não problemas.

16. Sucesso é diferente de perfeição.
O segredo para o sucesso não tem nada a ver com a perfeição. Pelo contrário: é preciso saber fazer escolhas, determinar o que é mais importante, o que será feito de forma mais completa em detrimento de outros pontos, menos favorecidos. Além disso, a perfeição é inalcançável, já o sucesso, esse você pode atingir.

Li e reli algumas vezes essas atitudes positivas que devemos praticar para alcançarmos o almejado sucesso em nossa vida. Acredito que a mais importante de todas é NÃO DESISTIR no meio do caminho. Foi graças à persistência que os bem sucedidos alcançaram a vitória. Para Ricardo Fischer, "a persistência não é um ato de teimosia; e sim uma segunda chance para fazermos algo melhor do que era e melhor do que poderia ser".

O sucesso é uma soma de pequenos esforços, repetidos dia sim, e no outro dia também.
Robert Collier

Ser o homem mais rico do cemitério não importa para mim. Ir para a cama à noite, dizendo que fizemos algo maravilhoso – isso que importa para mim.

Steve Jobs
(1955-2011);
inventor, empresário e magnata americano no setor da informática.

Algumas frases marcantes de Steve Jobs:

- "A única maneira de fazer algo excelente é amar o que você faz. Se você ainda não a encontrou, continue procurando. Não se acomode."
- "Seu tempo é limitado; não o perca vivendo a vida de outra pessoa."
- "Detalhes importam; vale a pena esperar e fazê-los direito."
- "Os fazedores são os maiores pensadores. As pessoas que criam e mudam a indústria são pensadores e fazedores em uma só pessoa."
- "Às vezes, a vida bate com um tijolo na sua cabeça. Não perca a fé."
- "Minhas coisas favoritas da vida não custam dinheiro. Está claro que o nosso maior recurso é o tempo."
- "Não deixe a opinião dos outros abafar sua voz interior."
- "A vida continua e você aprende com isso."
- "Às vezes, quando você inova, você comete erros. É melhor admiti-los rapidamente e seguir em frente para melhorar suas outras inovações."
- "Seja uma referência de qualidade. As pessoas não estão acostumadas a ambientes onde a excelência é esperada."
- "Inovação diferencia um líder de um seguidor."
- "Estou orgulhoso de muitas coisas que não fizemos, como as que fizemos. Inovar também é dizer não a milhares de coisas."
- "Não leve tudo muito a sério. Se você quer viver sua vida de maneira criativa, como artista, você não precisa olhar tanto para trás."
- "Tenha coragem de seguir o que seu coração e sua intuição dizem. Eles já sabem o que você realmente deseja. Todo o resto é secundário."
- "Você pode encarar um erro como uma besteira a ser esquecida, ou como um resultado que aponta uma nova direção."

Um brilhante ato de graça

Estive algumas vezes na cidade americana de Nova Iorque, considerada uma das maiores do mundo. Visitei-a tanto no verão quanto no rigoroso inverno, quando pude vê-la coberta de espessa neve. Essa cidade recebe, pelos impactos significativos que exerce sobre diversas atividades, cerca de 50 milhões de turistas durante cada ano. O que impressiona também é a diversidade daqueles que circulam por seu território, procurando se expressar através de 800 diferentes idiomas, como afirmam alguns especialistas. Ali circula gente do mundo inteiro!

Frank Sinatra, famoso cantor americano, recordista de vendas com mais de 150 milhões de cópias que circulam mundialmente, numa de suas músicas afirma: "Eu quero ser parte dela, comece a espalhar a notícia, estou partindo hoje".

E ainda completa que "eu quero acordar na cidade que nunca dorme".

Estudos comprovam que um terço da população americana vive em máximo estresse, o que redunda em problemas de saúde, relações humanas e na perda de produtividade.

Isso explica o fato ocorrido num dos 4.400 ônibus que trafegam pela cidade, quando um passageiro viveu uma cena que descreve da seguinte maneira:

> Há alguns anos fiquei preso em um ônibus cruzando a cidade de Nova Iorque durante a hora do rush. O tráfego mal estava se movendo.

O ônibus estava cheio de pessoas frias e cansadas que estavam profundamente irritadas umas com as outras, com o próprio mundo.

Dois homens gritaram um para o outro sobre um empurrão que pode ou não ter sido intencional.

Uma mulher grávida subiu e ninguém lhe ofereceu um assento.

A raiva estava no ar; nenhuma misericórdia seria encontrada ali.

Mas, quando o ônibus se aproximou da Sétima Avenida, o motorista pegou o interfone:

"Gente", disse ele, "eu sei que vocês tiveram um dia difícil e estão frustrados. Não posso fazer nada sobre o clima ou o trânsito, mas aqui está o que posso fazer. Quando cada um de vocês descer do ônibus, estenderei minha mão para vocês. Enquanto você passar, coloque seus problemas na palma da minha mão, certo? Não leve seus problemas para casa, para suas famílias esta noite, apenas deixe-os comigo. Meu caminho passa direto pelo rio Hudson, e quando eu passar por lá mais tarde, abrirei a janela e jogarei seus problemas na água."

Foi como se um feitiço tivesse se dissipado.

Todos começaram a rir.

Os rostos brilharam de surpresa e deleite. Pessoas que vinham fingindo na última hora não perceberem a existência um do outro, de repente estavam sorrindo um para o outro:

"Como, esse cara está falando sério?"

Oh, ele estava falando sério.

Na próxima parada, conforme prometido, o motorista estendeu a mão com a palma para cima e esperou. Um por um, todos os passageiros que saíam colocavam suas mãos logo acima da dele e imitavam o gesto de deixar algo cair em sua palma.

Algumas pessoas riram enquanto faziam isso, outras choraram.

O motorista também repetiu o mesmo adorável ritual na próxima parada.

E a próxima.

Todo o caminho até o rio.

Vivemos em um mundo difícil, meus amigos.
Às vezes, é extremamente difícil ser um ser humano.
Às vezes, você tem um dia ruim.
Às vezes, você tem um dia ruim que dura vários anos.
Você luta e falha.
Você perde empregos, dinheiro, amigos, fé e amor.
Você testemunha eventos horríveis acontecendo no noticiário e fica com medo e retraído.
Há momentos em que tudo parece envolto em trevas.
Você anseia pela luz, mas não sabe onde encontrá-la.

Quisera eu, se pudesse, sair pelas ruas de minha cidade, estendendo e abrindo a palma da minha mão, como aquele motorista nova-iorquino, para que todos aqueles que necessitassem nela depositassem suas preocupações, prometendo que as lançaria em águas que eles não poderiam alcançar.

Pouco importa quem você seja, ou onde esteja, procure, na medida do possível, iluminar o seu mundo.

Viver é enfrentar um problema atrás do outro. O modo como você encara é que faz a diferença.
Benjamin Franklin

Nunca se sinta derrotado diante dos obstáculos.
A cada adversidade que se abater sobre você, a cada obstáculo, por mais difícil que se apresente, faça deles um degrau para atingir um lugar melhor, com mais visão e maturidade.
A derrota não existe, a não ser que você aceite.
Comece e recomece sempre.
É assim que se constrói sempre.
É assim que se constrói uma vida feliz.

Provérbio árabe

Nunca se deixe vencer

Muitas vezes, no decorrer da vida, nos deparamos com algumas dificuldades que como ser humano parecem difíceis de serem superadas. Alguns, diante delas sucumbem, e não buscam aquela força interior necessária para superá-las. Na verdade, para sairmos de um abismo, mesmo que profundo, quase sempre existe solução. Nessa hora, tenha calma e busque forças, que você a encontrará.

"O que não me mata, me fortalece". Essa frase de Nietzsche define de maneira exemplar a resiliência, que é a capacidade humana de não se deixar vencer pela adversidade.

Existe uma velha fábula que conta sobre um cavalo que caiu num poço. Pela dificuldade em retirar o cavalo de lá, por ser muito fundo, apertado e o cavalo ser muito pesado, o fazendeiro acabou optando por sacrificar seu animal e decidiu que ele seria enterrado ali mesmo, no poço. Determinou então que todos os funcionários da fazenda trouxessem sacos de terra e os fossem despejando dentro do poço, sobre o cavalo. Ele não imaginava que à medida que a terra era despejada, o cavalo se sacudiria e o poço iria ficando cada vez mais raso, até que foi possível resgatar o cavalo, são e salvo, vivo e apenas sujo de terra.

Essa fábula nos dá um excelente exemplo: podemos sair dos mais profundos buracos, se não nos dermos por vencidos. Assim como aquele cavalo encontrou uma solução, nós também podemos encontrá-la.

O pediatra e especialista em desenvolvimento humano Ginsberg desenvolveu o modelo dos 7 C, para ajudar os jovens a saírem de situações difíceis, porém podemos perceber que o modelo criado é útil para todos nós:

- **Competência** – a capacidade de saber lidar com as situações de forma eficaz.
- **Confiança** nas habilidades é uma premissa para lidar com a vida.
- **Conexão** com familiares e amigos traz a sensação de segurança e pertencimento.
- **Caráter** resultante da noção de certo e errado, permite desenvolver a autoestima, fazer escolhas responsáveis e contribuir para a sociedade.
- **Contribuição** – ter o propósito de contribuir para o bem comum é um motivador que reforça relacionamentos recíprocos benéficos.
- **Combate** – aprender a gerenciar o estresse permite enfrentar os contratempos com mais serenidade e eficácia.
- **Controle** – saber utilizar o controle interno diferencia os solucionadores de problemas das vítimas.

Na verdade, o que se quer é que, diante de qualquer adversidade, seja ela pequena ou de enorme proporção, tenhamos calma e sabedoria para encontrar a melhor solução para dela sairmos. Viktor Frankl, o psiquiatra que enfrentou o campo de concentração, afirmava que "quem tem um 'porquê' enfrenta qualquer 'como'".

Que todos nós encontremos um "porquê" e um "como" para sairmos do fundo do poço, sacudirmos a poeira e irmos em busca da felicidade.

As dificuldades são como as montanhas. Elas só se aplainam quando avançamos sobre elas.

Provérbio japonês

Quanto mais velho fico

Viver o maior tempo possível é um desejo de todos nós, porém envelhecer, perder forças, é um processo contínuo que começa no fim da nossa fase adulta. Alguém descreveu muito bem essa situação como "subir uma grande montanha, enquanto sobe as forças diminuem, mas a visão é mais livre, mais ampla e tranquila".

O título deste artigo – Quanto Mais Velho Fico – é de autoria do cantor e compositor Alan Jackson, um norte-americano que fez sucesso com música *country*. São muito interessantes suas conclusões, à medida que a velhice vai chegando. Vale a pena lê-las e compará-las com o que acontece em nossas vidas:

Quanto mais velho fico
Mais penso que
Você só tem um minuto, melhor viver enquanto está nele
Porque, num piscar de olhos, ele passa
E quanto mais velho fico
Mais verdadeira é a frase
São as pessoas que você ama, não o dinheiro e as coisas
Que te deixam rico

E se eles encontrassem uma fonte da juventude
Eu não beberia uma gota
E essa é a verdade
É engraçado como parece que ainda estou chegando aos meus melhores anos

Quanto mais velho fico
Menos amigos tenho
Mas você não precisa de muitos quando aqueles que tem
Estão sempre te apoiando
E quanto mais velho fico
Melhor me torno
Em saber quando dar e quando
Simplesmente não dar a mínima

Quanto mais velho fico
E não me importo com todas as falas
De todas as vezes em que ri e chorei
Lembranças e pequenos sinais da vida que vivi

Quanto mais velho fico
Por mais tempo oro
Não sei por que, acho que tenho mais coisas a dizer
E quanto mais velho fico
Mais grato me sinto
Pela vida que tive e por toda vida que ainda estou vivendo.

Música *country* é um estilo popular americano, tradicional da classe trabalhadora e consiste em baladas e melodias de dança, acompanhadas de instrumentos de corda. Alan, com esse estilo de música, fez muito sucesso pelo mundo inteiro. A cidade americana de Nashville é considerada a capital da música *country*, onde se realizam os mais célebres festivais desse estilo musical.

Devemos envelhecer sem perder a jovialidade e procurando sempre tirar as mais belas lições da vida. Viver na terceira idade em paz e com felicidade são privilégios que estão ao alcance de todos nós.

Na juventude deve-se acumular o saber. Na velhice, fazer uso dele.
Jean-Jacques Rousseau

As duas mãos

Recebi de um amigo o texto que vai a seguir, de autor desconhecido, que, pela sua beleza e sensibilidade, veio acompanhado da seguinte recomendação: "Para o teu próximo livro". Acatei e, com satisfação, trago aqui para os meus leitores, no doce desejo que também possam reconhecer o valor dessa preciosa ferramenta que Deus colocou a nossa disposição, que tem inúmeras e fundamentais funções.

Nas Escrituras Sagradas encontramos muitas promessas, conselhos e a certeza do cuidado de Deus, como vemos no Salmo 23:

O Senhor é o Meu Pastor...
Isso é Relacionamento!
Caminhar me faz por verdes pastos...
Isso é Descanso!
Guia-me mansamente a águas tranquilas...
Isso é Cuidado!
Refrigera minha alma...
Isso é Cura!
Guia-me pelas veredas da justiça...
Isso é Direção!
Por amor do seu nome...
Isso é Propósito!
Ainda que eu andasse pelo vale da sombra da morte...
Isso é Provação!
Eu não temeria mal algum...
Isso é Fé!

Porque Tu estás comigo...
Isso é Fidelidade!
A Tua vara e o Teu cajado me consolam...
Isso é Esperança!
Unge a minha cabeça com óleo...
Isso é Consagração!
E o meu cálice transborda...
Isso é Abundância!
Certamente que a bondade e a misericórdia me seguirão todos os dias da minha vida...
Isso é Bênção!
E eu habitarei seguro na casa do Senhor...
Isso é Promessa!
Por longos dias...
Isso é Eternidade!

Senhor, minha preocupação não é se Deus está ao nosso lado; minha maior preocupação é estar ao lado de Deus, porque Ele é sempre certo.
   Abraham Lincoln

Tudo vale a pena
Se a alma não é pequena:
Tenho em mim todos
os sonhos do mundo.

FERNANDO PESSOA
(1888-1935);
poeta e filósofo, considerado por especialistas de sua obra como o mais universal poeta português.

O poema mais famoso de Fernando Pessoa, assinado por seu heterônimo Alberto Caeiro, foi O *Guardador de Rebanhos*, do qual selecionamos um trecho:

Eu nunca guardei rebanhos,
Mas é como se os guardasse.
Minha alma é como um pastor,
Conhece o vento e o sol
E anda pela mão das Estações
A seguir e a olhar.
Toda a paz da Natureza sem gente
Vem sentar-se a meu lado.
Mas eu fico triste como um pôr de sol
Para a nossa imaginação,
Quando esfria no fundo da planície
E se sente a noite entrada
Como uma borboleta pela janela.
Mas a minha tristeza é sossego
Porque é natural e justa
E é o que deve estar na alma
Quando já pensa que existe
E as mãos colhem flores sem ela dar por isso.

Quantos anos tenho?

Hoje, aos 85 anos de idade, tão longe da mocidade e já vivendo a terceira idade, tenho saudade da meninice. Já tenho quase um século de existência, vivendo sempre com otimismo, procurando desfrutar de momentos de felicidade, mesmo já na curva do caminho.

Houve um renomado escritor português – José Saramago –, considerado o responsável pelo efetivo reconhecimento internacional da prosa em língua portuguesa, que soube muito bem responder pergunta "Quantos anos tenho?"

Tenho a idade em que as coisas são vistas com mais calma, mas com o interesse de seguir crescendo.
Tenho os anos em que os sonhos começam a acariciar com os dedos e as ilusões se convertem em esperança.
Tenho os anos em que o amor, às vezes, é uma chama intensa, ansiosa por consumir-se no fogo de uma paixão desejada. E outras vezes é uma ressaca de paz, como o entardecer em uma praia.
Quantos anos tenho? Não preciso de um número para marcar, pois meus anseios alcançados, as lágrimas que derramei pelo caminho ao ver minhas ilusões despedaçadas... valem muito mais que isso.
O que importa se faço vinte, quarenta ou sessenta? O que importa é a idade que sinto.
Tenho os anos que necessito para viver livre e sem medos. Para seguir sem temor pela trilha, pois levo comigo a experiência adquirida e a força de meus anseios.
Quantos anos tenho? Isso a quem importa? Tenho os anos necessários para perder o medo e fazer o que quero e o que sinto.

Tenho certeza que o amigo leitor gostaria de viver até os 100 anos de idade cheio de saúde, pulando, lúcido e trabalhando.

Morei na cidade de Curitiba durante 14 anos, onde estudei e trabalhei, antes de vir definitivamente para os pampas. Ao ser questionado sobre a possibilidade de chegar aos 100 anos, a escritora curitibana Iris K. Bigarella procura mostrar, aos seus 99 anos, que não só é possível chegar a essa idade, como podemos alcançá-la de maneira saudável, lúcida e extremamente feliz. Para ela, "envelhecer é uma fase muito rica, na qual podemos desenvolver formas de conhecimento e enriquecimento espiritual muito preciosas" Para alcançar essa meta, seus cuidados pessoais partem de três pilares: saúde mental e busca pelo conhecimento, saúde física, por meio de alimentação balanceada e exercícios físicos, e momentos de alegria. E ainda aconselha que "para ser feliz é preciso nunca desistir, não se entregar e ter força e fé para continuar".

Lá no distante Japão a média de vida é de 85 anos, uma das maiores do mundo. O médico japonês Shigeaki Hinohara viveu até os 105 anos e, ao longo de sua vida, defendeu a medicina preventiva, atrelada a um estilo de vida saudável como alternativa para se viver de forma mais plena. Esse médico deixou um legado de como envelhecer bem. Concedeu centenas de entrevistas ensinando o segredo de como chegar bem aos 100 anos. Para o jornal *The Japan Times*, ele listou seus principais conselhos, que seguiu ao longo de sua vida. Vale a pena procurar seguir alguns de seus ensinamentos:

1 – Não se aposente tão cedo.
Hinohara trabalhou até bem pouco tempo antes de sua morte e mantinha uma jornada de 18 horas por dia. Para ele, o trabalho gerava satisfação, e satisfação anda de mãos dadas com a felicidade. Sentir--se útil para algo ou principalmente para alguém ajuda o corpo e a mente a não padecerem. Uma de suas grandes alegrias era ministrar palestras repassando seus conhecimentos para outras pessoas.

2 – Preocupe-se menos em comer e dormir bem, divirta-se.
De acordo com Hinohara, as pessoas deveriam viver como as crianças que esquecem a hora de comer ou de dormir e priorizam as brincadeiras e a diversão. O melhor, segundo o médico, é não cansar o corpo e a mente com muitas regras como a hora do almoço ou a de ir para a cama.

3 – Livre-se do excesso de peso.
Independente da raça, gênero ou nacionalidade, o excesso de peso é um fator que pesa contra principalmente na velhice. Hinohara sempre seguiu uma dieta balanceada com muitos vegetais e carne magra apenas duas vezes na semana. Ele também tinha o hábito de misturar no suco de laranja – tomado pela manhã – uma colher de azeite de oliva. De acordo com o médico, o azeite é ótimo para as artérias e para a pele.

4 – Não siga tudo o que seu médico diz.
Embora fosse médico, ele mesmo dizia que as pessoas nunca deveriam seguir à risca todas as recomendações dos médicos. Para ele, qualquer sugestão, como uma cirurgia, um exame mais invasivo ou até uma medicação mais pesada, deveria ser questionada antes. Muitas vezes, tratamentos alternativos com música ou animais poderiam ter efeitos mais positivos no tratamento de algum tipo de doença, segundo o especialista.

5 – Movimente-se.
Mesmo com mais de 100 anos, Hinohara evitava pegar elevador e, sempre que possível, usava as escadas como forma de se movimentar. Para o médico, os músculos precisam trabalhar todos os dias.

6 – Planeje-se.
Com uma agenda atribulada, Hinohara costumava ter seus dias muito bem planejados, com objetivos claros e definidos; afinal, o planejamento evita ansiedade, aborrecimento e estresse.

Além do belo rol de ensinamentos, ouso ainda acrescentar a necessidade de ter um bom número de amigos, para conversar, rir e chorar. Cem anos só serão aceitáveis se tivermos verdadeiros e leais amigos.

Vejo com imensa alegria que o ser humano adora viver. Se possível, todos querem chegar aos 100 anos.

Isso é possível.

Isso é lindo.

Envelhecer ainda é a única maneira que se descobriu de viver muito tempo.
Charles Saint-Beuve

Entre o passado e o futuro

Para o filósofo Nietzsche, quem fica remoendo alguma coisa, se comporta de maneira tão tola quanto o cachorro que morde a pedra. Continua afirmando: "É quando algo que fazemos no passado nos consome, algo que não podemos corrigir".

O passado é apenas reflexão, lembranças, memórias, algo que já ficou distante e que devemos considerar como encerrado.

Concordo que não é fácil nos desligarmos por completo do "acontecimento ocorrido" no passado.

A psicóloga Isabela Fernandes coloca à nossa disposição, seis recomendações que podem nos ajudar a se desligar do passado.

- Prestar atenção nos seus pensamentos.
- Prestar atenção plena.
- Lembrar-se sempre de se manter no presente.
- Fazer terapia.
- Ser autêntico.
- Desapegar-se de seus ressentimentos.

Muitos preferem remoer o passado, embora lhes traga infelicidade. Vivem na ilusão de um passado que não vai nunca voltar, alimentando-se de uma dor sufocante, que não vai dar em nada. Seu efeito é danoso e não contribui para nossa felicidade. Vejo que o bom mesmo é deixar de morder a pedra, como faz o cachorro.

Se somos escravos do ontem, pelo menos somos donos do nosso amanhã, porém lembrando sempre que o futuro é esperança, imaginação, horizonte distante e apenas sonhos.

Somos levados a meditar nas colocações do saudoso poeta português Fernando Pessoa, quando num pequeno poema explica:

Temos, todos que vivemos,
Uma vida que é vivida
E outra vida que é passada,
E a única vida que temos
É essa que é desejada
Entre a verdadeira e a errada.

Entre o passado e o futuro.
Está o presente. Está o hoje. Está o agora. O poeta tem inteira razão ao concluir que esta é a verdadeira, e nada melhor pensar no que fazer aqui e agora, para melhorar nossa vida.

Vejo que o relógio marca 9:41 quando no meu celular entra uma bela mensagem para acreditar no dia de hoje. Na foto há uma meiga chinesa segurando seu guarda-sol e alertando-me que "o bonito da vida é acreditar que tudo vai dar certo. Que dias melhores virão. E o mais bonito ainda é ter fé." Encaixa bem no texto que estou ora desenvolvendo, pois manda acreditar no presente. Nada tem a ver com o passado e muito menos com o futuro. Confiar no hoje imbuído de fé, certamente tudo vai dar certo.

Entre viver o passado ou o futuro, decido viver da melhor maneira possível o presente. Todos os dias são dia de comemorarmos pela oportunidade de desfrutarmos mais um dia de vida, e assim devemos ser gratos a Deus pelas portas que se abrem e dão-nos a chance de desfrutar de todas as belezas que o momento presente tem a nos oferecer. Quem realmente aproveita sua passagem pela Terra, vive cada dia como se fosse o último.

Entre o passado e o futuro está o presente. Aproveite o presente.

Nunca deixe que as tristezas do passado e as incertezas do futuro estraguem as alegrias do presente.
Desconhecido

Respeito aos mais velhos

Tudo o que nele existia era velho, com exceção dos olhos, que eram da cor do mar; alegres e indomáveis. Mas o adolescente Manolin amava e respeitava o velho Santiago, que lhe ensinara a pescar quando tinha apenas cinco anos. Por isso, agora que seu ídolo enfrentava as dores do entardecer, o jovem zelava por ele, ajudava-o nos preparativos do barco, carregava os apetrechos mais pesados e providenciava as iscas. Não esteve com ele na épica viagem ao alto-mar, quando lutou sozinho, durante vários dias, com o maior peixe que qualquer pescador haveria de fisgar naquelas paragens do Caribe. Mas dedicou-lhe as lágrimas de profunda amizade e veneração depois da grande aventura.

Este é um belo trecho que separamos do livro *O Velho e o Mar*, do escritor americano Ernest Hemingway. Visitamos sua casa em Key West, onde ele passou seus últimos dias de vida. É uma cidade litorânea, localizada no sul do território americano.

Bom seria que lêssemos esse livro, para aprendermos a respeitar os mais idosos, que acumulam experiências e podem nos ajudar a escolher e trilhar os melhores caminhos.

Se eu pudesse dar um conselho a vocês, eu diria: não queiram nunca ser eternamente jovens; gostar de viver é gostar de sentir, e gostar de sentir é, necessariamente, gostar de envelhecer. A orientação é do professor Nabuco para o estudante Pedro e para todos os jovens que chegam à idade da indecisão, aquele momento em que muitas vezes se refugiam nas futilidades pelo simples medo de encarar o futuro.

Esse trecho é um pequeno resumo do livro *O Fazedor de Velhos*, escrito pelo carioca Rodrigo Lacerda. É considerado uma parábola, endereçada a todos aqueles que buscam um sentido para suas vidas.

Bom seria que lêssemos esse livro, de leitura leve e agradável, para aceitar o bom conselho, que ninguém pode querer ser eternamente jovem. A vida tem várias fases, sendo a última a velhice, que também merece ser bem vivida.

Sou mulher como outra qualquer. Venho do século passado e trago comigo todas as idades.

A manifestação poética é de uma senhora que passou a vida fazendo doces cristalizados para sustentar os quatro filhos e que publicou seu primeiro livro aos 75 anos. Hoje é reconhecida como uma das maiores poetas brasileiras de todos os tempos. Ela escreveu coisas lindas, extraídas do cotidiano de todas as suas mulheres interiores, a cabocla velha de mau olhado, a lavadeira do Rio Vermelho, a cozinheira, mulheres do povo, da roça e da vida.

Sempre apreciei ler os belos poemas de Cora Coralina, goiana, poeta e contista. Uma de suas principais obras intitula-se *Poemas dos Becos de Goiás*. Para ela, "feliz é aquele que transfere o que sabe e aprende o que ensina".

Bom seria que lêssemos seus poemas, para melhor compreender e respeitar os que atingem a terceira idade e continuam pensando, trabalhando e produzindo por um mundo mais humano e justo para todos.

Se o tempo envelhecer o seu corpo, mas não envelhecer a sua emoção, você será sempre feliz.
Augusto Cury

Meus amigos:

Aqui chegamos ao fim de mais um livro, no qual procuramos demonstrar que todos podem e têm o direito de *Viver e ser feliz*. Nossa vida é uma dádiva maravilhosa que recebemos do Criador e todos nós devemos aproveitá-la da melhor maneira possível para desfrutarmos bons momentos de felicidade.

Sou grato por receber a companhia em todas essas dezenas de páginas. Espero que você tenha apreciado e nelas encontrado motivação para ser feliz.

Sou grato também por todos os que, de uma forma ou de outra, colaboraram para a realização desta obra.

Espero, num futuro não muito distante, voltar para buscar a sua companhia com mais uma obra.

Nesse período, lembre-se do nosso querido Mário Quintana:

Amigo, se me esqueceres, só uma coisa: esquece-me bem devagarinho.

Sejamos mais amigos.
Sejamos mais irmãos.
Receba meu abraço apertado,
E unidos, vamos *Viver e ser feliz*.